O. F. Schwarz

Vincent

Heilende Hände...

Ein modernes Märchen

© 2023 O. F. Schwarz
Alle Rechte vorbehalten
ISBN: 9783759731036
Graphik & Layout:
Hannes Zellner, A-2362 Biedermannsdorf
Foto:
canstockphoto
Herstellung und Verlag:
BoD – Books on Demand, Norderstedt

Die Handlung der Geschichte ist frei erfunden.
Jede Ähnlichkeit mit lebenden oder toten
Personen ist nicht beabsichtigt und wäre rein
zufällig.

Der Besuch der Außerirdischen

Der 14-jährige Daniel Laimgruber, aufgeweckter, aber einfach denkender Sohn des Laimgruber-Bauern, wurde auf dessen Landwirtschaft ausschließlich für mindere Arbeiten eingesetzt: er durfte beim Ausmisten der Ställe, beim Heu-Einfahren und in den Wintermonaten als Zureicher beim Maschinen-Service helfen. Dafür durfte er einmal im Monat mit in die Stadt fahren: dort setzte ihn sein Vater, während er zum Einkaufen in die diversen Versorgungsmärkte fuhr, in eine Eisdiele und Daniel bekam eine Riesenportion seines so sehr geliebten Fruchteises. Damit war er glücklich und schwor sich jedes Mal nach diesen Besuchen beim Nachhausefahren, später einmal eine Eisdiele eröffnen zu wollen!

Und natürlich fungierte Daniel auch als Viehhirte: wenn der Bauer keine andere Arbeit für seinen Sohn hatte, dann schickte er ihn in den Sommermonaten des Öfteren für einige Tage hinauf auf die Alm zu den Kühen. Für Daniel waren diese Tage immer etwas Besonderes: er lernte alle Kühe mit Namen anzusprechen, sie kannten ihn schon und liefen ihm zu, wenn er zu Fuß den steilen Weg auf die Alm heraufkam! Den ganzen Tag lang lag er auf der Wiese herum oder saß vor der einfachen Holzhütte auf der Bank. In dieser Hütte hatte er ein Schlaflager und dort durfte er in der wunderbaren Stille der Berglandschaft tief und traumlos schlafen!

Das eine oder andere Mal aber passierte es dann doch, dass er nach Mitternacht plötzlich aufwachte und nicht mehr einschlafen konnte! Anfangs wälzte er sich auf seinem Lager endlos lange hin und her, bis er dann doch wieder einschlafen konnte. In letzter Zeit allerdings hatte er entschieden, sich diese für ihn plagende Hin- und Her-Wälzerei nicht mehr zu geben: er stand einfach auf und legte sich mit einer leichten Decke und seinem Polster im Mondlicht auf einer Strohmatte vor der Hütte ins Gras! Dort schlief er zumeist sofort ein und erwachte im erst wieder Morgengrauen.

Auch diese Nacht war Daniel gezwungen, sich draußen hinzulegen: er machte es sich wie üblich draußen zwischen Haustüre und Brunnentrog gemütlich. Aber er konnte es nicht klären: ein beunruhigendes Gefühl bemächtigte sich seiner und er schaffte es nicht, einzuschlafen! Also legte er sich auf den Rücken, verschränkte seine Hände hinter dem Kopf und besah sich diese ihn immer wieder faszinierende, unendliche Vielzahl der am klaren Nachthimmel stehenden Sterne! Eben hatte er den Großen Wagen ausgemacht, da passierte etwas vollkommen Unheimliches: etwas Dunkles, Riesiges schob sich, einer dräuenden Gewitterwolke gleich, plötzlich lautlos von Westen her über den Nachthimmel! Dieses unheimliche Ding hatte die Form eines Ovals und hatte an den beiden Enden und an den Seiten je einen schwach leuchtenden, blinkenden Punkt! Daniels Herz schlug plötzlich schneller: er hatte seine Hände hinter dem Kopf hervorgenommen und sich auf die Ellenbogen gestützt! So lag er da und beobachtete fasziniert diesen unheimlichen Ablauf! Nach einiger Zeit begann ihn sein Genick

7

vom langen Hinaufstarren zu schmerzen und er nahm wieder seine ursprüngliche Stellung ein! So lag er und sah, wie dieses Ding plötzlich anhielt! Für Daniel lag es genau über seinem Dorf, aber er konnte nicht sagen, war es einhundert, tausend Meter oder zehn Kilometer lang? Aber etwas konnte er nun beobachten: aus diesem Riesending flackerten plötzlich, wie die Funken einer Christbaum-Wunderkerze, kleine Blitze - oder waren das Strahlen? - hinunter zur Erde! Daniels Augen wurden groß und größer, als er erkannte, dass diese Strahlen soeben ihn selbst erreichten! Erschreckt wollte er aufstehen, musste aber feststellen, dass er sich nicht bewegen konnte! Er wollte schreien, jedoch brachte er keinen Laut über die Lippen! Jetzt sah er, dass aus diesem dunklen Ding polarlicht-ähnliche Wesen herausschwebten! Es waren vier oder fünf solcher lichtgrüner, länglicher und in der Luft tanzender Wölkchen und die bewegten sich jetzt auf Daniel zu! Die Angst schnürte dem Burschen die Kehle zu, mit weit aufgerissenen Augen musste er zusehen, wie sich diese unheimlichen Wesen tanzend um ihn herum bewegten! Dies alles war einfach zu viel für den einfachen Jungen: er konnte noch seinen schmerzhaft rasenden Puls spüren, dann fiel er in eine erlösende Ohnmacht!

Als er wieder zu sich kam, lag er rücklings auf einer Liege, mittig in einem grell erleuchteten Raum. Dessen Wände und auch die Türen waren gänzlich mit metallenen Platten ausgekleidet! Und auch Daniels Liege bestand zum Großteil aus speziellem chrom-glänzendem Material! Der Junge konnte seine Augen nur einen schmalen

8

Spalt öffnen, das Licht tat ihm weh und er wandte seinen Kopf, um keine direkte Strahlung in die Augen zu bekommen! Jetzt konnte er bemerken, dass sich einige dieser seltsamen, umhertanzenden polar-lichtähnlichen Wesen auf ihn zubewegten, anhielten und - wie ihn zu betrachten - an seiner Liege anhielten! Sie hatten weder Arme, noch Beine, aber ihre schleierhaften Gestalten verjüngten sich nach oben hin, so als hätten sie dort ihren Kopf oder ihre Denk-Zentrale!

Jetzt standen sie beisammen und bewegten sich so, als würden sie diskutieren: andauernd stießen sie einander an, dann wieder lagen sie waagrecht in der Luft, um sich gleich danach auf Daniels Brust zu setzen! Es hatte den Anschein, als würden sie spielen! Plötzlich aber dürfte es mit dem Spielen zu Ende sein: dem einen Wesen, welches gerade auf Daniels Brust saß, wuchsen kurze Arme und Hände aus seinem gasförmigen blaugrünen Körper! Diese Hände umfassten jetzt Daniels Kopf zärtlich und verhielten so einige Minuten, während die anderen Wesen unbeirrt um Daniels Liege weiter herumschwebten!

Und wieder verlor der Junge das Bewusstsein: offensichtlich von diesen Wesen so gesteuert, um ihn, ohne ihm mehr Informationen über dieses Riesen-Ding zu vermitteln, zurück auf seine Matte zu befördern! Dort erwachte Daniel und er stellte fest, dass im Osten bereits der Morgen graute! Er stand auf, räumte seine Schlafutensilien wieder zurück in die Hütte und setzte sich, trotz der morgendlichen Kühle in den Bergen, vollkommen verwirrt auf die Bank vor der

Hütte! Aber wie er auch nachdachte, dieses unnatürliche Erlebnis hatte ihn vollkommen durcheinander gebracht: und schon begann er sich zu fragen ob alles einfach nicht nur ein Traum hätte gewesen sein können?

Daniel nahm sich vor, niemandem von seinem Abenteuer oder seinem Traum zu erzählen: wusste er doch, wie abwertend etliche Menschen im Dorf über ihn dachten und ganz sicher wollte er ihnen keine zusätzliche Nahrung für dumme Gerüchte liefern!

Am Zufahrtsweg zum Hof seines Vaters traf er Vincent Kopp, den Jungen aus der Stadt, dessen Familie jedes Jahr ihre Ferien in Daniels Heimat zubrachte: die beiden verstanden sich blendend, Vincent verhielt sich Daniel gegenüber immer vollkommen normal, da ihm Daniels einfache und manches Mal auch erheiternde Art, etwas auszudrücken, ausnehmend gefiel!

„Hey, Daniel!" rief Vincent schon von Wietem „Schon wieder zurück von deinen Mädels?" Daniel musste immer wieder lachen, wenn Vincent seine Kühe immer als Mädels bezeichnete! „Wie sieht´s denn aus heute mit dir? Holen wir uns vom Erdbeerschlag oben in der Hag einen schönen Topf Erdbeeren und verspeisen die abends dann bei uns zu Hause mit Schlagobers und Zucker?"

Daniels Augen leuchteten sofort auf:

„Na, super, Vincent!" rief er zurück „Also, da kannst du zu einhundert Prozent auf mich zählen!"

Sie standen sich nun gegenüber, lachten sich an und Daniel streckte seine Hand zum Gruß aus! Vincent nahm sie sofort, aber in dem Moment, da er sie berührte, fuhr ein völlig unerwarteter Schmerz durch seinen Arm, der bis hinauf in seine Schulter, bis hinein in seine Brust und in seinen Kopf zuckte! Er verzog schmerzhaft sein Gesicht und Daniel fragte bestürzt:

„Hey, Vincent! Was ist denn los mit dir?"

Aber der Schmerz hatte sich schon gelöst und Vincent entgegnete beruhigend:

„Nichts, Daniel, gar nichts! Vielleicht hatte ich mir nur ein wenig einen Nerv eingeklemmt?"

Sie verabschiedeten sich, jeder ging seines Weges, aber Daniel war höchst beunruhigt: was war das denn eben gewesen? Er hatte weder zu stark zugegriffen, auch nicht kräftig geschüttelt, also: woher war Vincents Schmerz dann wohl gekommen? Daniel verhielt seinen Schritt, dachte nach und dann wusste er es: das war dieses komische Wesen von dem Riesen-Ding da oben, welches seinen Kopf gehalten und ihm damit wahrscheinlich irgend ein Gift, eine Kraft oder Ähnliches übertragen haben musste!

Nach dem Essen trafen sich die Jungens und stiegen auf zu ihrem immer gut bewachsenen Erdbeer-Schlag. Nach gut einer Stunde Sammelns hatten beide ihre Kannen wohl gefüllt und setzten sich für ein paar Minuten Pause auf einen auf dem Weg querliegenden, dicken Baumstamm. Daniel sprach nicht, er wollte sich befreien, wusste aber nicht, wie er beginnen sollte! Aber Vincent hatte sehr wohl bemerkt, dass mit seinem Freund etwas nicht stimmen konnte und so setzte er den ersten Schritt:

11

„Hey, Kumpel! Du schaust mir aber gar nicht gut aus der Wäsche, ey? Was drückt dich, Daniel, dass du so nachdenklich dasitzt, als kämen morgen schon die wilden Horden?"

Daniel wandte dankbar den Kopf hin zu seinem Freund, sah ihn längere Zeit an und sagte dann flüsternd:

„Du musst mir jetzt etwas versprechen, Vincent!"

„Sag, spinnst du jetzt, oder was?" unterbrach ihn Vincent lächelnd „Hast du Geheimnisse vor den Erdbeeren, vor den Ameisen oder vor den Spinnen?"

„Das, wovon ich dir jetzt erzähle, lieber Freund, davon wirst du nie jemandem erzählen, ok?" Vincent war ernst geworden, er wollte seinen Freund nicht lächerlich machen! Er nickte zustimmend und Daniel fuhr fort: „Da war so ein Ding am Himmel, Vincent, heute in der Nacht, ja! Das war so riesig, dass ich meinte, es reichte von hier bis nach Amerika!"

Und nun erzählte er seinem Freund in allen Einzelheiten von seinem unheimlichen Erlebnis. Er erzählte langsam, unterstrich seine Worte mit entsprechenden Bewegungen, um seinem Freund die Richtigkeit seines nächtlichen Erlebnisses eindrucksvoll vermitteln zu können!

„Und darum," schloss er „darum bin ich überzeugt, diesen Schmerz, den du heute bei unserer Handschlag verspürt hattest, den habe ich einfach auf dich übertragen! Kannst du dir das alles so vorstellen?"

Seine letzten Wort hatten einen ängstlichen Ton bekommen! Dann war er fertig und beide

12

Jungens saßen jetzt wortlos nebeneinander auf dem gefällten Baumstamm: Daniel, weil er nun erleichternd alles restlos weitergegeben hatte und Vincent, weil er im ersten Moment mit dieser Geschichte noch nichts anfangen konnte! Nach einigen Minuten meinte er:

„Das wäre ja ein Hammer, Daniel! Und kannst du dir vorstellen, dass niemand, auch nicht unser Militär, dieses Riesen-Ding bemerkt haben könnte?"

„Ich weiß es nicht, Vincent! Aber ich weiß doch, dass das alles kein Traum war!" Er dachte einige Sekunden lang nach und meinte: „Und ich hoffe, dieser Schock, den du von mir erhalten hattest, wird keine negativen Auswirkungen auf dich haben!"

Nach dem Abendessen wurde bei den Kopps den frischen Walderdbeeren kräftig zugesprochen und Daniel wurde später auch dankend verabschiedet! Als sich Vincent nach dem Fernsehfilm nach oben begeben wollte, fühlte sich sein Körper plötzlich seltsam an: sein Kopf wurde mit einem Mal eiskalt, er begann zu zittern und er konnte nur mit Mühe klar sprechen! Er war völlig überrascht, denn solch einen Zustand, den hatte er noch nie in seinem Leben verspürt! Seine Mami beruhigte ihn und begründete dies alles mit einer leichten Sommergrippe!

13

Die Behörden

Diese unheimliche Erscheinung über jenem Landstrich war aufgrund des Zeitpunktes des Auftretens von nur wenigen Menschen beobachtet worden. Die entsprechenden Meldungen an die Behörden jedoch verklangen wie ungehört: es gab nur eine lapidare Meldung in den Morgennachrichten über eine ungewöhnliche, aber leider nicht nachweisbare Beobachtung am Nachthimmel über dem Land Salzburg. Dabei dürfte es sich laut dem Meteorologischen Institut um eine eher selten auftretende Wolkenformation gehandelt haben. Mehr wurde nicht erwähnt. Daniel hörte diese Mitteilung und war doch einigermaßen überrascht: der Nachthimmel zum Zeitpunkt seiner Beobachtung und seiner Entführung war völlig wolkenfrei und sternenklar gewesen! Der Junge verstand das nicht: für ihn schien man an höherer Stelle diese Erscheinung einfach übergehen zu wollen...

Vincent

Vincent Kopp war ein aufgeweckter Junge. Bis zu seinem zehnten Lebensjahr gehörte er zu den richtigen Lausbuben, sowohl in der Schule, als auch unter seinen täglich nachmittags auf den Gassen ihrer Wohn-Siedlung umhertollenden Freunden. Vincents Eltern, Sigrid und Emil Kopp, hatten es oft nicht allzu leicht mit ihrem Sprössling: seine bestechende Intelligenz trieb ihn immer wieder zu ausgefallenen Späßen, mit denen die Erwachsenen im Allgemeinen nicht unbedingt einverstanden waren: eines Morgens standen drei schwere Parkbänke mitten in der Bahnhofhalle, dann wieder waren auf einer Länge von hundert Metern sämtliche Glühlampen der Straßenlaternen herausgeschraubt und die Gefahr eines Sturzes durch den nicht beleuchteten Gehsteig ärgerte sämtliche Anwohner! Oder sechs große Müll-Container standen am Morgen nicht mehr in den Höfen der Wohnblöcke, sondern gleichmäßig verteilt im Stadtpark herum!

Wer der jeweilige Rädelsführer solcher Untaten war, wurde nicht laut ausgesprochen, aber jeder in der Siedlung wusste Bescheid: Vincent und seine Gesellen zeichneten ohne Ausnahme für derartige Lausbubenstreiche verantwortlich! Der diesbezüglich laufend geplagte zuständige Polizeiinspektor, Theo Matschnigg, war im Hinblick auf die kommenden Gemeinderatswahlen höchlichst bemüht, nur ja keinen Krieg mit den Eltern einiger der bekannten Lausbuben anzufangen! So versuchte er, im Zuge von Vieraugen-Gesprächen mit den Rotznasen ihre nicht eben sozialen Handlungen und deren mögliche, gefährliche Folgen klarzumachen! Jungens aber sind nun mal Jungens, ausgefuchst, profilierungssüchtig, sehr stark und natürlich unfolgsam! Kaum dem lästigen Verhör der Obrigkeit entsprungen, versammelte man sich unter der Bachbrücke und ersann neue, spannende und so ganz und gar nicht erlaubte Bubenstreiche! So jung die Burschen auch waren, so raffiniert erdachten sie ihre Abenteuer! Nicht ein einziges Mal konnte einem von ihnen die Mittäterschaft an einem der den Volkszorn erregenden Handlungen nachgewiesen werden! Und das musste man den Buben schon lassen: sogar doch eher scharfe, manches Mal auch väterliche handgreifliche Befragungen brachten keine Aufklärungen zutage! Die Buben hielten dicht bis zum Umfallen! Da gab es Fernsehverbote, Hausarreste, Strafeschreiben, dass die Finger nur so krachten: all dies nutzte nichts! Die nächste freie Stunde schon wurde wiederum zum Planen und zum Abhandeln verbotener Taten genützt!

Aber das Leben ging weiter und mit dem Beenden der 4. Klasse Gymnasium nahmen andere Interessen überhand! Die Missetaten hörten in diesem Sommer endgültig auf. In Vincent allerdings war eine seltsame Wandlung vor sich gegangen: seit diesem eigenartigen Treffen mit seinem Freund Daniel meldete sich völlig ungeordnet im Abstand von einigen Wochen auf die Dauer von vier bis fünf Tagen ein eigenartiges Gefühl in seinem Kopf, mit dem der Junge nichts wirklich anfangen konnte! Von einem Moment auf den anderen drangen sämtliche Laute von

16

außen nur mehr dumpf an sein Gehirn! Sein ganzer Kopf wurde kühl, so kühl, dass sich seine Mutter große Sorgen machte: es schien, wenn sie ihre Hand auf Vincents Stirn legte, als wäre alles wärmende Blut aus seinem Kopf gewichen! Und was sie besonders beunruhigte: Vincent konnte ab Beginn dieser seltsamen Wandlung nur mit großer Anstrengung, und dies auch nur sehr langsam, sprechen! Und auch ging in diesen Phasen sein Atem beinahe doppelt so schnell wie normal, sein Blick wurde starr und sein Gesicht zeigte einen schmerzlichen Zug, jedoch ohne dass er irgendeinen Schmerz fühlte!

Zumeist am fünften Tag kehrte bei Vincent wieder der körperliche und geistige Normalzustand ein! Sämtliche durchgeführten ärztlichen Konsultationen erbrachten kein Ergebnis und eines Tages sagte Vincent zu seiner Mutter:

„Hör mal, Mami, ich möchte nicht mehr zu den Ärzten gehen! Du siehst es doch selbst: alle diese Untersuchungen, die ergeben doch nichts Neues, oder? Ich habe eben einige Tage einen sonderbaren Zustand, habe auch keine wirklich belastenden Schmerzen, also lassen wir es doch bitte so, wie es eben ist, ja?"

Sigrid Kopp erkannte, dass Vincent aus eigenstem Interesse nicht mehr belästigt werden wollte und somit überließ man ihn seinen unkontrolliert wiederkehrenden Zuständen!

Vincent besuchte weiter das humanistische Gymnasium, tat sich unglaublich leicht, nie jedoch versuchte er, sich vor seinen Kameraden besser darzustellen als jene, geschweige denn, dass er mit seiner Intelligenz prahlen würde!

17

Wenn Vincent jedoch seine Sonder-Phase hatte, seinen *BOING*, wie er sie nannte, war schulisch mit ihm überhaupt nichts anzufangen! Und darum blieb er eben für diese Zeit dem Unterricht fern! Den dadurch versäumten Stoff holte er jeweils spielend nach!

Der Vorfall im Zoo

Wieder einmal war es soweit: Vincent hatte wegen seines Zustandes „schulfrei" und spazierte durch den Tiergarten. Eben hatte er das Elefanten-Gehege passiert, als er bemerkte, dass die Frau des vor ihm spazierenden Paares plötzlich anfing zu wanken! Sie versuchte, sich an ihrem Begleiter festzuhalten, sackte jedoch in der nächsten Sekunde wie vom Blitz getroffen, zusammen! Ihr Begleiter kniete sofort neben ihr nieder, sprach auf sie ein und tätschelte ihr etwas unbeholfen die Wangen! Sie aber zeigte keinerlei Reaktion!

Vincent stand da, plötzlich erhöhte sich sein Puls, dass es ihn beinahe schmerzte und eine bislang ungekannte Kraft trieb ihn vorwärts, hin zu der Gestürzten! Er trat heran, kniete ebenfalls nieder und sah, dass die Frau ihre Augen geschlossen hielt. Er sah aber auch, dass ihr Mund verzogen war, offen stand und über das Kinn Speichel herunter rann! Noch immer spürte Vincent seinen rasenden Puls, jedoch beunruhigte ihn dieser Zustand gar nicht! Er hatte einmal in einem Arzt-Wartezimmer darüber gelesen und erinnerte sich: es gab da ein, zwei Fragen, die man einer solchen Person stellen musste, um herauszufinden, ob es sich möglicherweise um einen Schlaganfall handeln könnte: er legte seine Hand auf die rechte Schulter der Frau und sagte:

„Lachen Sie, bitte, gnädige Frau!" Die Frau reagierte überhaupt nicht. „Können Sie mir sagen, wo Sie wohnen?"

19

Im Gesicht der Frau gab es nur einige schwache Zuckungen und für Vincent war es klar: es handelte sich hier um einen Schlaganfall! Er hielt noch einige Sekunden inne, er hörte nicht, was der Mann neben ihm sprach und er bemerkte auch nicht die Menschen, die sich nun schon im Kreis um die Hilfsbedürftige versammelt hatten. Allerlei laienhafte Diagnosen kamen nun aus dem Reigen, Vincent aber hörte sie nicht! Plötzlich fasste eine ungewohnte Kraft seinen linken Arm, führte ihn hin zu der Frau. Jetzt legte Vincent seine Rechte mit sanftem Druck auf die Kehle der Frau und dort blieb sie auch für einige Sekunden. Schon kamen die ersten Ermahnungen, wie *Da muss man doch einen Arzt rufen!* oder *Was macht der da? Kennt sich der überhaupt aus?* und auch *Was ist der? Ein Schamane? Die Frau hat doch einen Schlaganfall!* und einiges anderes mehr!

Vincent blieb ganz ruhig und plötzlich spürte er den stark und stärker werdenden Puls der Frau an der Halsschlagader unter seiner Hand! Er atmete lange aus, erhob sich und beobachtete den Zustand der Frau: und auf einmal schlug diese ihre Augen auf, ihr Gesicht wurde wieder völlig gerade, sie atmete einige Male kräftig durch und bat ihren Begleiter, ihr doch hoch zu helfen! Sie sprach mit normaler Stimme, ohne Unterbrechung und auch ihr Blick schien völlig normal zu sein! Erstauntes Gemurmel war in der Runde zu vernehmen, begleitet von verständnislosem Kopfschütteln!

Nun hatte die Frau sich erhoben und strich putzend ein wenig über den Mantel. Dann zog sie

20

ihren Begleiter, so als ob nichts vorgefallen wäre, zu sich her und hielt sich an seinem Ärmel fest. Der Mann jedoch war vollkommen durcheinander und noch immer hatte er sich mit fragendem Gesicht zu Vincent hingewandt: der Junge starrte den Mann an und dieser versuchte ganz verstört, sich zu fangen!

„Junger Mann…was…was haben Sie denn da getan?" fragte der Mann leise. Vincent sah ihn an, zuckte mit den Schultern und antwortete:

„Das kann ich Ihnen nicht sagen, mein Herr! Aber…ich glaube, es hat geholfen, nicht?"

Kopfschüttelnd nahm der Mann nun den Arm seiner Begleiterin, hängte ihn bei sich ein und beide gingen langsam den Weg weiter! Einige der Neugierigen waren ebenfalls stehengeblieben, sahen Vincent mit zusammengekniffenen Augen misstrauisch an, wagten jedoch nicht, ihn diesbezüglich anzusprechen! Nach einigen Minuten stand Vincent alleine neben dem Gehege. Sein Puls schlug normal, er fühlte sich wohl und jetzt besah er sich seine Hände: nichts, gar nichts Auffälliges konnte er feststellen und nach einer Weile kehrte er wieder nach Hause zurück. Den ganzen Weg bis dorthin überlegte er, ob er diesen Vorfall seiner Mami erzählen sollte, beschloss jedoch, vorerst Stillschweigen darüber zu bewahren!

21

Salzburg

Die Familie Kopp verbrachte seit bereits mehr als 15 Jahren ihren gemeinsamen Sommerurlaub in einem idyllischen Dörfchen namens Kattring in den Radstädter Tauern. Man hatte dort für ganzjährig ein Einfamilienhaus gemietet, das die Familie sowohl zu Weihnachten, als auch für die Osterfeiertage und auch als Sommersitz benützte. Es handelte sich um ein Bungalow-Haus mit ausreichend Platz für alle Familienmitglieder. Vincent und sein Bruder Leon waren eigentlich den ganzen Tag unterwegs mit ihren ortsansässigen Freunden: die Burschen hielten sich am Fluss auf, dann wanderte man hinauf auf einen der Gipfel, die eine herrliche Aussicht ins Land boten. Gerne aber hielten sie sich in der Werkstatt des Fassbindermeisters Jessler auf: wie ein Fass hergestellt wurde, das wussten die Buben bereits und immer wieder waren sie fasziniert davon, mit welcher Routine, mit welchem Geschick und durch jahrelange Erfahrung hier Fässer gefertigt wurden! Der Meister selbst, der ja immer persönlich anwesend war und seine Gesellen entsprechend instruierte und kontrollierte, freute sich immer, wenn die Buben baten, wieder einige Zeit in seiner Werkstatt zugegen sein zu dürfen: das Interesse der Burschen ehrte ihn und somit durften die Buben, wann immer sie wollten, bei der Herstellung der großen und kleinen Wein-, Butter-, Bier- und anderer Fässer zugegen sein!

Es war ein Freitag, so gegen 14 Uhr, und die Gesellen der Werkstatt freuten sich schon auf den heute früher beginnenden Feierabend! Auch

22

Vincent, sein Bruder Leon und ihre vier Freunde waren wieder zugegen. Als einer der Gesellen eben eine Daube auf eines der großen Fässer aufklopfen wollte, ertönte plötzlich vom Nachbargrundstück lautes Geschrei! Alle in der Werkstatt Anwesenden liefen hinaus auf den Hof, um den Grund für die Rufe zu ergründen! Die beiden Grundstücke waren nur durch einen einfachen Bretterzaun voneinander getrennt und dadurch sahen sie am Hofe des Nachbarn die Bäuerin, Anna Maria Stiller, mit blutigen Händen winken und sie schrie:

„Hilfe! Hilfe! Holt schnell den Doktor! Mein Mann hat eine Sau abgestochen und sich beim Ausbeinen das Messer in den Bauch gerammt! Schnell, holt den Doktor!!"

Einer von Vincents Freunden rannte sofort los, Vincent jedoch verspürte plötzlich ein starkes Vibrieren am ganzen Körper! Ein starkes Pochen setzte ein in seinem Kopf, der sich mit einem Mal unglaublich kalt anfühlte! Und eine ihm bereits bekannte, übernatürliche Kraft drängte ihn, über den Zaun zu klettern! Er rannte zum Hauseingang der Nachbarn, trat ein und sah sofort die Blutspur, die vom Stall in den Wohnraum führte! Nun betrat er das Zimmer, wo Andreas, der Stiller-Bauer, stöhnend auf der langen Ofenbank lag und seine Hände gegen seinen Bauch presste! Die Bäuerin stand wieder neben ihm, mit einigen blutigen Handtüchern in den Händen und redete leise auf ihren Mann ein! Des Bauern Kleidung, die Ofenbank und der Boden, alles war voll von Blut und Vincent erkannte: der Mann musste bereits eine Menge Blut verloren haben! Er trat

23

nun näher, schob die Frau mit seinem rechten Arm sanft, aber doch beständig zur Seite und kniete neben dem Verletzten nieder.

„Was soll das denn jetzt?!" schrie die Bäuerin, aber Vincent bedeutete ihr mit erhobener Hand, ruhig zu bleiben! Jetzt schob er die Hände des Bauern beiseite, zog das blutige Hemd hinauf zur Brust und legte die Stichwunde frei! Blut schoss pulsierend aus dem Einstich und Vincent zögerte nicht lange: er legte seine rechte Hand flach auf die Wunde und sofort danach seine Linke auf den Handrücken der Rechten! Jetzt drückte ganz leicht zu und verharrte einige Sekunden lang in dieser Stellung. Dann nahm er seine blutigen Hände von der Wunde, erhob sich und verließ wortlos den Raum und das Haus. Beim Gartentor begegnete ihm der herbeieilende Arzt, Dr. Adolf Behrens. Er bemerkte Vincents blutige Hände, hielt an und fragte keuchend:

„Hey, Junge! Was ist passiert mit dem Stiller-Bauern? Und was ist mit deinen Händen?"

„Ich denke," antwortete Vincent mühsam, jedoch beherrscht: „Es…ist alles schon …wieder in Ordnung, Herr Doktor! Aber sehen Sie…bitte nur sicherheitshalber…selbst nach!"

Daraufhin ging er weiter und ließ den verdutzten Arzt einfach stehen! Am Brunnen, der auf dem Grundstück des Fassbinders stand, wusch er sich das Blut von den Händen. Seine Freunde, die die ganze Zeit am Zaun gestanden und alles beobachtete hatten, folgten Vincent nun in die Werkstatt.

„Na?" fragte Meister Jessler „Was ist mit dem Stiller-Bauer? Wie geht es ihm?"

Vincents Kopf pochte noch immer stark und er informierte den Meister mit stockender Stimme:

„Er hat …er hat…sich wirklich ein Messer in den Bauch gerammt, aber…aber er ist schon wieder in Ordnung!"

Damit grüßte er seine Freunde und auch den Meister und verließ die Werkstatt. Er hatte eben gespürt, dass ihm das Sprechen bereits sehr schwer fiel und er wusste auch, warum! Und ebenfalls wusste er: er musste sich nun einige Stunden hinlegen, um seinen Organismus zu beruhigen! Als er zu Hause ankam, begegnete er seiner Mami und diese betrachtete ihren Sohn besorgt: irgendetwas an ihm kam ihr verändert vor! Aber Vincent hob nur kurz seine Hand zum Gruß, denn sprechen war ihm schon nicht gut möglich! Er begab sich auf sein Zimmer, wo er sich angezogen auf sein Bett legte und binnen weniger Sekunden eingeschlafen war…:

Dr. Behrens´ Fragen

Zwei Wochen waren vergangen und einige Unruhe hatte sich im Dorf breitgemacht. Trotz großem Bemühens des Doktors, diesen eigenartigen Vorfall nicht publik zu machen, war doch das Eine oder Andere dieser angeblichen Wunderheilung an die Öffentlichkeit gedrungen! Und schon wurden nicht nur die Gattin des Geheilten, sondern auch Vincents Familie mit scheelen Blicken verfolgt, wenn sich jemand von ihnen im Lebensmittelgeschäft, im Postamt, in der Bank oder im Wirtshaus aufhielt! Eines nämlich hatte der Doktor nicht versäumt: die vier Freunde Vincents in dieser Sache intensiv zu befragen! Und deren klare und standhafte Beschreibung dieser angeblichen Wunderheilung bewog Dr. Behrens, den Bauer einem MRT, also einer höchst präzise arbeitenden Magnet-Resonanz-Tomographie, zuzuführen! Und dieses Ergebnis verwirrte ihn noch mehr, als alles bisher Erfahrene: die Aufnahmen zeigten einwandfrei winzige, jedoch gut verheilte Verletzungen an Bauchfell, Leber und Dünndarm! Und zwar eben genau dort, wo ein an dieser Stelle am Bauch eingedrungenes Messer solche Schäden verursacht haben musste!

Immer unsicherer wurde Dr. Behrens und er beschloss, Vincents Mutter aufzusuchen und zu fragen, ob ihr an ihrem Vincent irgendeine besondere Gabe aufgefallen wäre? Aber Frau Kopp schüttelte nur den Kopf und meinte:

„Nun, Herr Doktor, ob es damit etwas zu tun hat, kann ich nicht sagen, aber wir mussten - es ist ja schon einige Zeit her - mit Vincent

26

monatelang zu allen möglichen Untersuchungen laufen! Und zwar wegen eines alle paar Wochen auftretenden eigenartigen Zustandes! Vincent hatte einen ganz kalten Kopf, in diesen paar Tagen permanent einen rasenden Puls und er konnte einige Tage nur mit großer Mühe klar sprechen!"

Jetzt zeigte Dr. Behrens sich doch sehr interessiert!

„Und…und was ergaben diese Untersuchungen denn genau, Frau Kopp?"

„Nichts, Herr Doktor! Gar nichts konnte festgestellt werden, außer eben diese Symptome! Und nachdem Vincent uns gebeten hatte, diese unnötigen Untersuchungen abzustellen, haben wir dann doch seinem Wunsch entsprochen und sind auch so verfahren!" Sie schwieg einige Sekunden und fragte leise: „Aber, Herr Doktor, was ist hier eigentlich los? Wir merken ja selbst, dass man uns im ganzen Dorf so eigenartig beobachtet, niemand mehr stellt sich mit uns nach der Kirche, so wie üblich, zusammen, um ein wenig zu tratschen! Was denn sollte mit unserem Vincent los sein?"

Dr. Behrens hatte seinen Blick gesenkt, er hielt Vincents Mutter beide offenen Hände hin und klärte sie auf:

„Ich weiß ja nicht, was Sie über Ihren Sohn erfahren hatten, Frau Kopp! Wissen Sie über seinen Eingriff vor drei Wochen beim Stiller-Bauern Bescheid?"

Vincents Mutter sah den Arzt nur kopfschüttelnd an! Nun fuhr dieser fort:

27

„Der Stiller-Bauer hatte sich beim Zerlegen eines geschlachteten Schweines versehentlich das Messer in den Bauch gerammt und drohte zu verbluten! Auf das Geschrei der Bäuerin hin rannten Vincent und seine Freunde zu Hilfe, aber natürlich konnten sie hier nichts ausrichten! Einer der Buben lief, um mich zu holen! Aber bis zu meinem Eintreffen dort wäre der Bauer mit Sicherheit verblutet! Und da trat Ihr Sohn Vincent auf den Plan! Angeblich legte er nur seine Hand auf die Bauchwunde, wartete einige Sekunden, nahm die Hand wieder weg und…was glauben Sie, war geschehen? Die Wunde war vollkommen verheilt, Frau Kopp, ja, verheilt ohne irgendeinen ärztlichen Eingriff!"

Frau Kopp starrte den Arzt an, als sei er ein Wesen aus dem Weltall! Sie war unfähig, zu sprechen, aber ihr Mund stand offen! Dr. Behrens hatte natürlich mit solch einer Reaktion gerechnet, beruhigte Vincents Mutter und meinte noch:

„Also, Frau Kopp, nehmen Sie das alles bitte nicht als hundertprozentig wahr an, ja? Ich hatte den Stiller zwar unter ein MRT gelegt und die Bilder zeigten wirklich kleine Narben an den entscheidenden inneren Organen!…" er machte eine kurze Pause und machte sich fertig zum Gehen „…aber, vielleicht sprechen Sie einmal kurz mit Vincent? Nur er allein wird uns möglicherweise Auskunft geben können, was da so abgelaufen war, ok?"

Damit verließ er das Haus der Familie Kopp und hoffte, nach ein paar Tagen von Vincents Mutter doch einiges an Neuigkeiten über diesen seltsamen Fall vernehmen zu dürfen!

Vincents Geständnis

Vincents Mutter klopfte noch am Abend desselben Tages an dessen Zimmertüre. Nach seiner Aufforderung trat sie ein. Vincent lag noch angezogen auf seinem Bett und las in einem Umwelt-Magazin. Seine Mutter nahm sich einen Stuhl, zog ihn ans Bett, nahm Platz und ging sofort in medias res:

„Mein Junge! Ich hatte heute ein längeres Gespräch mit dem Doktor und zwar wegen dieses Vorfalles beim Stiller-Bauer! Du weißt, wovon ich spreche?"

Vincent hatte das Magazin weggelegt, verschränkte seine Hände hinter dem Kopf und wartete ab, was Mami ihm weiter offenbaren würde!

„Niemand, Vincent, und schon gar nicht der Arzt kann sich einen Reim darauf machen, wie du die Wunde des Bauers verschließen konntest! Aber möglicherweise willst du mir, deiner Mutter, mehr darüber erzählen, hm?"

Sie sah ihm ernst in die Augen und er erwiderte ihren Blick, ohne nervös oder unruhig zu werden! Jetzt blickte er zur Decke, holte tief Luft, wandte ihr seinen Kopf zu und sagte:

„Ich weiß es nicht, Mamilein, ich weiß es wirklich nicht! Ich kann nur sagen, dass es ein unglaublich starker Zwang ist, der mich jedes Mal, wenn ich Hilfe leisten kann, zu der bedürftigen Person hindrängt! Und ich kann mich einfach nicht dagegen wehren!"

29

„Soll das vielleicht heißen, Vincent," unterbrach sie ihn „...dass du...dass du so etwas schon einmal getan hattest?"

Vincent nickte kurz und begann zu erzählen. Und dieser Bericht über seine Hilfeleistung im Tiergarten war so überzeugend, war derart offen und glaubhaft, dass seine Mutter nun vollkommen durcheinander war! Was war denn ihr Sohn wirklich? War er gar ein...Heiliger? Oder vielleicht nur ein... Scharlatan? Einer dieser so oft in allen Promi-Magazinen verlachten Wunderheilern? Sie konnte nur hilflos den Kopf schütteln! Nun beugte sie sich vor, hielt ihm ihre Rechte hin, er ergriff diese und nun blickten sie sich tief in die Augen!

„Mami," krächzte Vincent leise „ist es denn nicht egal, wieso ich das kann? Wieso mein Schicksal es mir gewährt, Hilfe zu leisten, wo es wirklich nötig ist? Warum lassen wir es einfach nicht so, wie es ist?"

Sie musste lächeln, nickte kurz, wandte jedoch ein:

„Du wirst, wenn du so weitermachst, irgendwann entdeckt werden als ein Wunder, als etwas, das es eigentlich nicht geben darf in dieser abstrakten, wissenschaftlichen Welt, Vincent! Und du kannst dir in deinen kühnsten Träumen nicht vorstellen, was da auf dich zukommen wird! Die Menschen werden meinen, du musst für sie alle da sein, für alle Todkranken, alle Schwerverletzten, alle Krebskranken und für alle Halbertrunkenen dieser Welt! Also, Junge: lassen wir es bitte, bitte so lange wie nur möglich unser Geheimnis bleiben, ja?"

30

Vincent nahm nun ihre beiden Hände fest in die seinen, nickte und zwinkerte sie an:

„Machen wir, Mami, machen wir, du kannst dich auf mich verlassen!"

Sigrid lächelte zurück. Was ihr jedoch aufgefallen war, waren einige seltsame Fältchen an Vincents Kinn und einige ungewohnte silbrige Strähnen in seinem Haar…

Ein unklares Ärzte-Thema

Es war ein verregneter Freitag-Vormittag im Oktober. Dr. Behrens saß in einem Café am Flughafen und wartete auf seine Maschine nach Toulouse, wo für zwei Tage ein Kongress für Internisten anberaumt war! Eben nahm er seine Tasse auf, als hinter ihm eine bekannte Stimme dröhnte:

„Ja, also, da leckst mich doch am Orsch! Treff ich doch do meinen olten Kumpel, den Dolfi! Wie laung hobm mir zwoa uns denn schon nicht gsehgn?"

Dr. Behrens musste lächeln: stand denn da hinter ihm nicht sein Kumpel aus Studienzeiten, der Fanninger-Bertl? Er wandte sich nun zu seinem Freund um, erhob sich, sie begrüßten und umarmten sich und hauten sich auf die Schultern!

„Jo, wos denn, du olter Recke!" rief Bertl, alias Dr. Albert Kamminger, mit seiner mächtigen Stimme, dass alle Damen an den Eincheckschaltern erstaunt aufblickten! „Sog vielleicht, du bist auch unterwegs zu dener Franzmänner do untn in Toulouse?"

Dr. Behrens bestätigte, beide nahmen Platz, ihr Abflug war erst für in etwa einer Stunde angesagt! Sie tauschten Erinnerungen aus, erzählten sich Herren-Witze und plötzlich hielt Dr. Kamminger inne, hob den linken Zeigfinger und meinte:

„Du, Dolfi, hör mal. Host du auch schon gehört von dem Foll in Wien, wo ein Junge, einfoch eben ein Bursch ohne jede Ohnung von

32

null und nix, eine Schlogonfollpotientin gesund gemocht hoben sollte? Obsoluter Blödsinn, sog ich dir, lieber Freund! Der hotte ongeblich nichts onderes gemocht, ols der Frau die Hond on die Kehle gelegt, und noch ein por Sekunden wor die doch wirklich gsund! Keine Onzeichen eines Schlogonfolles woren donach zu bemerken, unter dem MRT keine Änderungen im Gehirn erkennbor! Die Frau wor noch dieser eigentlich okkulten Behondlung pumperlgsund, Junge! Wos meinst denn du dozu, he?"

Dr. Behrens spürte, wie ihm plötzlich der Schweiß auf die Stirn trat! Sein Atem ging schneller, sein Blick wurde unsicher und seinem Kollegen, Albert Kamminger war diese Änderung natürlich nicht entgangen:

„Nana, du olter Knochenbieger? Dir wird doch jetzt auf oamoi net schlecht werdn, oder?"

Dr. Behrens brauchte noch etwa eine Minute, um sich zu wieder zu fangen! Er bedeutete seinem Freund, jetzt nicht mehr zu sprechen, nahm sein Handy heraus und wählte die Nummer der Familie Kopp! Und nach einer Minute war es klar: Vincent Kopp dürfte wirklich ein Wunderheiler sein, aber ein echter! Und nachdem Dr. Behrens seinen Kollegen darüber informiert hatte, meinte dieser doch einigermaßen verstört und mit etwas leiserer Stimme:

„Du, Dolfi: jo…wie gibts denn so etwos? Wos ist dos denn? Ein neuer Jesus, oder wie? Und die erste Froge, die ich mir dobei stelle, lieber Dolfi, ist doch: wer weiß denn schon dovon, außer dir und dem Wunderkind seine Eltern?"

33

Dr. Behrens nickte zu der Aufzählung seines Kollegen nur kurz. Dieser schloss einen Moment die Augen und blies seine Backen auf, um die Luft gleich darauf wieder hörbar auszulassen:

„Jo, sacklzementnoamoi! Wenn dos publik wird, Bertl, donn bringt die Welt den Burschen um!"

„Ist mir doch auch klar, Bertl!" meinte Dr. Behrens ein wenig gereizt „Stell dir vor, die Kirche erfährt von seinen Wunderkräften! Oder reiche Staaten werden ihm Milliarden bieten, nur deshalb, damit er in dem und dem Land die dortigen Einwohner gesund erhält! Das darf es doch einfach nicht geben, oder?"

Beide Männer kamen natürlich zu keinem Schluss! Ihr Flug wurde eben angezeigt und sie begaben sich zu ihrem aufgerufenen Gate…

Die Schussverletzung

Es war ein Donnerstag, nachmittags gegen 16 Uhr. Vincent war eben aus dem Haus getreten, wandte sich nach links, um den direkten Weg zur nächsten U-Bahn-Station zu nehmen. Nach drei Minuten schon rannte er die Rolltreppe hinunter, um den eben einfahrenden Zug ins Zentrum zu erreichen! Aber die Rolltreppe war übervoll mit Fahrgästen, niemand von ihnen machte Anstalten, ihn vorbei zu lassen und so verpasste er die Garnitur! Nun saß er missmutig auf einer der Wartebänke und las in einem Exemplar der in jeder Station aufliegenden Gratiszeitungen!

Ihn interessierten weder Sport und auch keine politischen Kommentare: das alles konnte man, wenn man es für wichtig hielt, abends in Ruhe im TV konsumieren! Vincent las nur den kulturellen Teil, der eigentlich eher komprimiert auf Seite 12 zu finden war. Plötzlich ertönte ein markerschütternder Schrei durch die Bahnhofshalle. Schon kam eine junge blonde Frau in grauen Jeans und schwarzem Kapuzenpulli die Treppe heruntergerannt und hielt schreiend auf Vincent zu! Über ihrer linken Schulter trug sie an einem Hängeriemen einen dunkelblauen Shopper, den sie mit ihrer linken Hand an ihre Seite gedrückt festhielt!

„Hilfe!!" schrie sie hysterisch „Hilfe!! Er will mich umbringen! Schnell! Rufen Sie bitte die Polizei! Gleich wird er hier sein und mich erschießen!!"

Jetzt war sie bei Vincents Bank angelangt und ließ sich atemlos neben ihm nieder! Sie

35

keuchte wie eine Marathon-Läuferin und Vincent konnte sehen, wie sie am ganzen Leib zitterte! Er überlegte: wenn dieser Mann einmal hier unten angekommen war, gab es für die junge Frau keinen Ausweg mehr! Also musste sie schleunigst von hier verschwinden! Vincent erhob sich rasch, nahm sie beim Arm, zog sie hoch und sagte eindringlich:

„Hören Sie, junge Frau! Sie müssen weg von hier, also laufen wir da bis nach vor, wo der Zug in den Tunnel einfährt, ja? Sie laufen in den Tunnel und halten sich immer dicht an der Wand, so kann Ihnen auch ein vorbeifahrender Zug nichts anhaben!"

Vincent kannte aus seinen frühen Lausbuben-Zeiten all diese Tricks, mit denen er und seine Freunde den sie oftmals verfolgenden Polizisten entkommen konnten! Schon liefen die beiden in Richtung Tunnel und beinahe hätten sie den Eingang auch erreicht, da krachte der Schuss! Und augenblicklich fiel die junge Frau nach vornüber auf ihr Gesicht und blieb in halber Seitenlageregungslos liegen! Vincent hatte sich in erster Reaktion flach auf den Boden geworfen! Sein Puls raste wie verrückt, das war in solch einer Situation ganz normal, oder? Er drehte den Kopf und blickte vorsichtig nach hinten: einige der wartenden Fahrgäste hatten sich, wie Vincent auch, auf den Boden geworfen, andere hatten sich zitternd hinter den Säulen mit den Werbeplakaten versteckt gehabt!

Vincent sah jetzt, dass sich niemand mehr, außer ihm und den paar Fahrgästen auf dem Perron aufhielt! Also dürfte der Täter getürmt

36

sein! Er stand auf und trat an die vor ihm liegende Frau heran. Jetzt pochte sein Kopf wie verrückt, sein rasender Puls machte ihn etwas schwindelig und Vincent erkannte schon: es war soweit! Sein *BOING* hatte eingesetzt! Ob nun aus ansonsten auch unbekannten Gründen oder der Aufregung wegen? Vincent konnte das nicht zuordnen! Er kniete neben dem Schussopfer nieder und berührte leicht deren Schulter. Im Hintergrund hörte er, wie bereits einige der Fahrgäste per Handy die Einsatzkräfte alarmierten!

Jetzt fasste Vincent die Angeschossene fester an der Schulter und drehte sie vorsichtig, aber mit Nachdruck, ganz auf den Bauch. Auf den ersten Blick sah er den Blutfleck, der sich auf dem Pulli rasch ausbreitete! Nun hörte er schon Schritte hinter sich, ein Flüstern ging durch die nun Dastehenden und dann meinte einer der Männer:

„Hören Sie, junger Mann! Das hier ist ein Verbrechen, ja? Und…und…Sie sollten da keine Spuren kaputtmachen!"

Vincent drehte sich kurz um und blickte zu dem Mann hinauf: dieser trug eine orange-gelbe Lederjacke, dunkelbraune Hosen und eine beige Schiebermütze. In seiner Linken hielt er ein Mobiltelefon und mit der Rechten unterstrich er seine mahnenden Worte! Vincent verstand das alles natürlich, aber er wusste: hier musste er sehr, sehr schnell handeln, die Kugel stak noch im Körper des Opfers und Vincents wieder einsetzende, übernatürliche Kraft begann bereits auf ihn einzuwirken!

„Danke, mein...Herr!" beruhigte er den Mann, aber er tat sich schon schwer mit dem Sprechen! „Danke, dass Sie...helfen möchten, aber...das hier ist meine Freundin! Ich bin Medizin-Student und...ich bereite sie nur auf den hoffentlich bald eintreffenden...Arzt vor, ok?!" Damit war Ruhe eingekehrt, aber die Leute wollten nicht gehen! Vincent jedoch kümmerte sich nun nicht mehr um die Schaulustigen: er musste, um wirklich helfen zu können, der jungen Frau den Kapuzenpulli ausziehen! Alleine würde das zu lange dauern und wenn einmal die Rettungskräfte vor Ort angekommen waren, konnte er seine Wunderkraft nicht mehr einsetzen! So bat er, ohne sich umzudrehen, laut:

„Hey! Kann mir irgendjemand helfen, der Frau ihren Kapuzenpulli auszuziehen?"

Das funktionierte umgehend! Zu zweit, nämlich mit dem Mann, der ihn anfangs ermahnt hatte, zogen sie vorsichtig den Pulli über den Kopf des Opfers. Nun sah man genau, wo die Kugel eingedrungen war! Vincent wollte eigentlich nicht, dass man ihm bei seiner Behandlung zusah, aber jetzt war keine Zeit zu verlieren: er legte behutsam seine linke Hand mit der Handfläche auf das Einschussloch und ließ sie so verweilen. Nach einigen Sekunden legte er seine Rechte auf den Handrücken der linken Hand! Und plötzlich spürte er, wie die Frau zu atmen begann! Etwas Hartes drückte gegen seine Handfläche, aber er ließ sie noch einige Sekunden lang dort! Plötzlich regte sich die Frau, schlug die Augen auf, blinzelte verwirrt und richtete sich auf! In sitzender Haltung ging ihr Blick jetzt in

38

der Runde, sie betrachtet die Schaulustigen und schüttelte ihren Kopf! Von Ferne waren bereits die Martinshörner der Einsatzfahrzeuge zu vernehmen. Vincent legte seine Rechte auf die Schulter der jungen, geretteten Frau und flüsterte ihr ins Ohr:

„Hey! Das haben wir ja noch einmal geschafft, meine Liebe! Sie werden nicht sterben, nur: schonen Sie sich einfach die nächsten paar Tage, ok? Ich hab für Sie noch ein Andenken an diesen nicht unbedingt schönen Tag: hier bitte!"

Damit nahm er ihre Hand öffnete sie und ließ das in seiner linken Hand versteckte Projektil hineinfallen. Damit erhob er sich, ignorierte die erstaunten, unverständlichen und misstrauischen Blicke der Leute und fuhr mit der Rolltreppe hinauf zum Haupteingang. Auf der Treppe begegnete er den nach unten eilenden Rettungs- und Polizeikräften...

Am nächsten Morgen konnten die Leser der Gazetten folgenden Bericht lesen:

Ein seltsamer Vorfall ereignete sich gestern Nachmittag im Bahnhofs-Bereich der Station Regner Platz: ein Mann verfolgte eine Frau, die aus Angst vor Ihrem Verfolger bei einem der wartenden Fahrgäste, einem jungen Mann von etwa 16 Jahren, Schutz suchte. Dieser wollte die Frau in den Tunnel in Sicherheit bringen, allerdings kam ihm der Verfolger zuvor, schoss der Frau in den Rücken und flüchtete daraufhin. Der junge Mann kniete neben der Frau nieder, zog ihr den Kapuzenpulli aus und legte seine Hand auf die Einschusswunde. Nach einigen Sekunden entfernte er seine Hand, die Verletzte kam zu

39

sich, richtete sich auf und ihr Helfer drückte ihr das Projektil in die Hand. Daraufhin entfernte er sich unerkannt. Die anderen Fahrgäste, die Zeugen des Vorfalles waren, wollten ihren Augen nicht trauen: die Frau mit einem großen Blutfleck auf ihrem T-Shirt schien unverletzt zu sein, was die zu Hilfe gerufenen Rettungskräfte nur bestätigen konnten!

Niemand konnte sich erklären, wie der junge Mann ohne jegliche technische Hilfsmittel das Projektil aus der Schusswunde herausholen konnte. Die Frau wurde noch zur genauen Untersuchung ins Krankenhaus gebracht, jedoch konnten auch dort die Ärzte keinerlei Verletzung feststellen! Und auch keine inneren Verletzungen, wie sie jede Schusswunde verursacht haben würde, konnten konstatiert werden! Einzig eine winzige Narbe am Rücken war zurückgeblieben! Das Projektil wurde zur technischen Untersuchung beschlagnahmt. Weitere Informationen der Behörden geben wir demnächst bekannt.

Die Abendnachrichten im TV berichteten natürlich über den Vorfall. Und auch wurde ein Interview mit dem Schuss-Opfer gebracht. Die Frau zeigte sich vollkommen gesund und sprach über ihr Schreckens-Erlebnis mit klaren Worten. Und dann folgten noch Aufnahmen einer Video-Überwachungskamera, die den jungen Mann zeigten. Und jetzt war es klar: alle Welt kannte ab sofort diesen Wunder-Knaben!

Der Schock für die Familie Kopp

Auch Vincents Familie sah die Nachrichten und als die Video-Aufnahmen auf dem Schirm erschienen, war es still, sehr still im Raum! Mami und Papa und auch Vincents Bruder Leon hatten ihre Köpfe zu Vincent hingewandt und waren starr vor Überraschung! Einzig Sigrid war gar nicht so überrascht! Nun war es auch für sie klar: Ihr Sohn Vincent war doch wirklich ein Wunderkind, mit welchen Gaben auch immer ausgestattet, er war ein Wunderheiler! Und eben keiner dieser Scharlatane, denen man in kürzester Zeit die absolute Sinnlosigkeit ihrer okkulten, irreführenden und ausschließlich auf finanziellen Vorteil ausgerichteten Handlungen immer klar nachweisen konnte!

„Das ist jetzt…also…willst du uns denn nicht sagen, was das alles bedeuten soll?" fragte nach einigem Nachdenken der Vater seinen Sohn vorsichtig. Tja, und dann kam die ganze Wahrheit ans Tageslicht! Vincent hielt mit nichts zurück und seine Eltern erfuhren alles über seine wundersamen Zustände, während derer er solch unglaubliche Heilungskräfte entwickeln konnte! Danach herrschte langes, bedrückendes Schweigen. Bis Mami entschieden hatte, darüber in allen Einzelheiten zu sprechen! Es mussten sinnvolle Vorbereitungen getroffen werden, wie man Vincent nun vor der Meute der Journalisten schützen konnte, vor unangenehmen Fragen von Ärzten, Behörden und letztlich natürlich auch vor den neugierigen Nachbarn!

41

Sicherlich würde es nun keine zwei Tage andauern, bis man Vincents Adresse ausfindig gemacht haben würde! Und diese Zeit, so meinten seine Eltern, sollte man derart nützen, ihm fix angelernte Antworten auf alle möglichen gescheiten, dummen und aggressiven Fragen mitzugeben!

Die nächsten Wochen und Monate waren grausam für Vincent und seine Familie! Von einem Interview-Termin zum anderen wurde der Junge gehetzt, Journalisten, die sich vor dem Haus der Familie Kopp fix eingerichtet hatten, waren lästig wie Stechmücken und in allen Gazetten gab es unglaublich dumme Berichte bzw. Vermutungen, wer denn dieser Vincent Kopp sei, woher er seine Wunderkräfte her habe, ob er denn nicht gar ein Alien sei, etc., etc.!

Und zwischenzeitlich besuchte den armen Vincent wieder sein *BOING*, und so wie er feststellen durfte, beinahe im regelmäßigen Abstand von vier bis fünf Wochen! Aber nicht immer war Vincent anwesend, wenn ihn jemand wirklich gebraucht hätte! Bewusst blieb er auch das eine oder andere Mal ganz zu Hause und diese Zeiten waren eine echte Erholung für ihn!

Aber vielen Menschen ist ja eine schreckliche Eigenart inne: es war die Gier! Und gerade Vincents Vater war plötzlich von diesem bösen Virus befallen! Zu oft schon hockte er völlig abwesend abends vor dem TV-Gerät und Sigrid, seine Frau war ernstlich beunruhigt! Sie kannte ihn doch gut und sie befürchtete, dass er im Stillen plante, Kapital aus der großen Gabe ihres Sohnes herauszuschlagen! Und da lag sie genau richtig: es war ein frühlingshafter Sonntag im März, die Familie saß auf der Veranda und nahm ihren Nachmittags-Kaffee. Plötzlich meinte der Vater:

„Jetzt hört mal alle gut zu, was ich vorhabe, ok?"

Alle drei, seine Frau und die beiden Söhne, blickten überrascht auf, Mami allerdings etwas weniger, da sie bereits ängstlich vermutet hatte, was nun kommen musste!

„Unser Vincent hat eine göttliche Gabe!" begann Papa „Er rettet Menschenleben, er bewahrt ganze Familien vor dem Elend, Firmenchefs leben weiter und damit auch ihr Unternehmen, welches mit dem Tod des Chefs voraussichtlich nicht mehr lange existiert hätte!"

„Aber,..." wollte seine Frau einwenden, Emil jedoch ließ sie nicht zu Wort kommen!

„Unsummen hätte der Staat in vielen Fällen von schwerst kranken oder verletzten Menschen aufwenden müssen, um sie wieder gesund zu machen, oder? Durch die göttliche Kraft unseres Jungen aber können solche Summen doch anderweitig sinnvoll eingesetzt werden! Und was machen wir? Wir stehen da und sehen zu, wie Menschen, die am Abgrund ihres Lebens stehen, chancenlos versterben müssen! Anstatt von unserem Vincent auf wundersame Weise geheilt zu werden!"

Er blickte sich um und sah nur ausdruckslose Mienen!

„Ich bin nicht sicher, ob ihr das, was ich eben gesagt habe, auch so verstanden habt! In kürzester Zeit werden wir zu Millionären, denn

43

Vincent heilt ja nicht nur einfache, bürgerliche Menschen! Er kann natürlich auch sehr, sehr reiche Menschen heilen und von diesen das entsprechende Honorar verrechnen! Da müsste er doch dumm sein, würde er das nicht verlangen, oder?"

Noch immer bekam er von seiner Familie nicht die erwartete Rezeption für seine Idee! Papa meinte, nun doch mehr in medias res gehen zu müssen und fuhr fort:

„Warum spielen wir das denn nicht einmal kurz durch? Also: der texanische Milliardär, ein gewisser Mr. X, liegt schwer krebskrank, quasi hoffnungslos, darnieder. Niemand mehr kann ihm helfen und seine Familie wartet darauf, dass er endlich das Zeitliche segnet, oder? Aber Vincent kann ihm helfen! Jawohl, unser Vincent wird das auch machen! Und dafür bekommt er ein Honorar von, sagen wir…einer Million Dollar! Diese Summe ist für diesen Mr. X zwar marginal, für uns aber sehr wohl eine Riesen-Summe, oder?"

„Papa," versuchte Vincent, seinen Vater von dieser Denk-Schiene wegzubringen „was das Geld anbelangt, da könntest du ja recht haben! Aber wie, denkst du, sollte das alles denn ablaufen? Nie kann ich genau wissen, wann mein BOING einsetzen wird, nicht? Und wie sollte ich dann zu einem tausende Kilometer entfernten Kranken gelangen?"

„Na, dein BOING, wie du ihn so nett nennst, dauert doch immer einige Tage an, oder? Und wenn wir das rechtzeitig wissen und deine Hilfe benötigt wird, dann werde ich das locker organisieren können, oder?"

44

Wieder entstand eine längere Pause und Emil spürte, dass er mit seinem Plan einfach nicht durchkommen konnte! Und nun meldete sich noch dazu seine Sigrid und meinte:

„Hast du denn eigentlich noch nicht daran gedacht, Papa, wie viele hunderttausende Notfälle uns mit Sicherheit gemeldet werden, sollte die ganze Welt von Vincents Gabe erfahren? Und das wird sie, Papa, sie wird es, das ist so gut wie garantiert!"

„Darf ich auch etwas dazu sagen?" meldete sich nun zaghaft Vincents Bruder Leon. Eher verwundert blickte Emil seinen älteren Sohn an, so als wollte er ihm sagen: *Du? Was willst denn du hier mitreden können?* Trotzdem nickte Emil kurz und Leon begann:

„Ich weiß ja nicht, wie das alles genau funktioniert, aber eines wissen wir alle: sobald etwas im TV gebracht wird, weiß es ja nicht nur die Bevölkerung im eigenen Land, sondern wissen es auch alle Bewohner der benachbarten Staaten! Und wenn eine solche, eigentlich unglaubwürdige Nachricht über den Äther flimmert, na, dann stürzt sich Gott und die Welt darauf, nur um jede Menge Schlagzeilen daraus zu fabrizieren! Und dann, Papa, dann werden wir kein privates Leben mehr haben!"

Emil begann langsam, wütend zu werden:

„Zum Teufel mit euren angstvollen Argumenten! Wenn man berühmt ist, na, dann ist man eben berühmt! Und dass dieser Status mit einigen Unbequemlichkeiten einhergehen kann, also das werden wir aber dann schon auszuhalten wissen, oder?"

Niemand in der Runde hatte bis jetzt Vincents Meinung dazu gefragt! Nämlich jene des Menschen, an dem all diese Fragen hängen bleiben würden, mit all ihren zumeist doch nur negativen Folgen und Erkenntnissen! Vincents Mutter hatte nun ihren Kopf zu Vincent hingewandt, sah ihm in die Augen und mit einem aufmunternden Kopfnicken und einem Lächeln auf den Lippen forderte sie ihren Sohn auf, jetzt seinen Standpunkt preiszugeben! Vincent überlegte kurz und gab bekannt:

„Papa! Bedenke doch auch, dass ich Schule habe! Und schon nur aufgrund meiner Bekanntheit werde ich es in meiner Klasse nicht mehr so leicht haben, wie bisher! Und ich glaube auch, dass jede meiner Wunderheilungen weltweit in den Zeitungen, im Radio und im TV veröffentlicht werden wird! Bis heute, Papa, ist doch alles so halbwegs noch im Ruder gelaufen, oder? Aber wenn das alles so bekannt wird...“.

Er sprach nicht weiter und die ganze Familie wartete nun auf die Replik des Familien-Oberhauptes! Emil hatte den Kopf gesenkt, schüttelte diesen wie in ärgster Verzweiflung, hob dann den Kopf und meinte nun eindringlich und mit versteinerter Miene:

„Heutzutage, Leute, sind wir in einem einzigen Tag in Kalifornien, in Peking, in Kapstadt oder sonstwo auf dieser Welt, stimmt's? Und unser Vincent benötigt für eine Wunderheilung keine zehn Minuten, wie ich das so vernommen hatte, oder?“ Wieder allgemeines Schweigen! „Frage dazu: wieso hätten wir keine Zeit, um überall auf diesem Erdball Gutes tun zu können?“

46

„Weil es dir, mein lieber Emil," gab Sigrid bekannt (und Emil rief sie ihn immer nur dann, wenn es Spannungen gab zwischen den beiden Eheleuten) „eigentlich ausschließlich ums Geld geht, hab ich recht?"

Emil hatte nun genug Widerstand zu verkraften gehabt! Er schüttelte seinen Kopf wie ein aus dem Polarmeer entstiegener Eisbär, erhob sich und sagte laut und deutlich:

„Wir haben, liebe Familie, ein echtes Wunderkind in unserer Mitte! Und in Zeiten wie diesen, wo jeder sehen muss, wie er weiterkommt, wären wir doch dumm, aus dieser wunderbaren Gabe unseres Vincent nicht ordentlich Kapital herausschlagen zu können, oder? Und niemand, so sehe ich das, niemand nimmt dabei Schaden! Vincent kann wirklich Wunder wirken, das ist, wie man in der Bibel lesen kann, doch gottgegeben, nein?"

Kein Wort, keine Reaktion, keine Abwehr in irgendeiner Form erreichte Emil! Endlich meldete sich seine Frau:

„Papa!" meinte sie und sie nannte ihn Papa, wie das die meisten Mütter in einer psychologisch interessanten Angewohnheit in Anwesenheit der Kinder tun „Vincent ist noch ein Kind und die letzten Wochen hatten doch eindeutig gezeigt, dass wir, wenn wir nach deinem Plan handeln sollten, doch mit unglaublichen Belastungen zu rechnen haben! Willst du das Vincent antun?"

Emils Blick wanderte langsam über die dasitzenden beiden Söhne und über seine Frau. Er kämpfte mit seinem Gewissen, mit seiner Vor-

47

mundstellung aber zugleich mit den möglichen, kommenden finanziellen Vorteilen!

„Aber, lass es uns doch nur einmal versuchen, Sigrid, okay?" meinte er jetzt beruhigend, „Sagen wir…drei Monate, ok? Und wenn uns das zu stressig wird, oder Vincent darunter sichtlich leidet, dann stoppen wir das Ganze problemlos innerhalb eines Tages, einverstanden?"

Allgemeines Schulterzucken folgte, die Buben und Mami standen auf und verließen kommentarlos das Zimmer. Emil wusste, dass er zwar gewonnen hatte, aber er fühlte auch: es war ein Pyrrhussieg! Er selbst wusste nicht, wie sich die nächsten drei Monate entwickeln würden! Und trotzdem überlegte er bereits, wie er diese göttliche Kraft seines Sohnes möglichst rasch und effizient publik machen könnte! Er begab sich in sein Zimmer, setzte sich an seinen Computer und begann, Bekanntmachungs-Texte zu entwerfen. *Wir brauchen die Medien!* dachte er *Die Medien und nichts anderes! Und innerhalb eines Tages werden wir tausend aktuelle Anfragen auf Hilfe erhalten, da verwette ich doch glatt meinen Kopf!*

Der Unfall auf dem Spielplatz

Vincent hatte sich nach diesem für ihn höchst unangenehmen Familientreffen angezogen und ging hinaus ins Freie. Dieser Disput mit seinem Vater hatte ihn doch einigermaßen erregt! Er aber wollte jetzt einen Spaziergang in den Park machen, um in der frischen Luft in seinen Kopf ein wenig Platz für andere Gedanken machen zu können! Eben kam er an dem Kinder-Spielplatz vorbei, als er ein Geräusch vernahm, welches ihn an den Aufprall eines Körpers auf den Boden erinnerte. Er blickte hinüber zu dem Kletterturm und sah, dass dort innerhalb der Kletterleitern ein Kind verkrümmt auf dem Boden lag. Augenscheinlich die Mutter kroch jetzt hinein und zog das Kind, es handelte sich um einen etwa sechsjährigen Buben, aus dem Kletterturm heraus. Nun beugte sie sich über das Kind und nahm es in die Arme. Sofort eilte Vincent hin, um eventuell seine Hilfe anbieten zu können! Als er die beiden erreichte, sah er, dass das Kind ohnmächtig und mit halbgeschlossenen Augen in den Armen seiner Mutter hing! Jetzt kniete Vincent sich neben die beiden und konzentrierte sich, aber…nichts geschah! Da war kein Anzeichen eines *BOING* zu spüren, kein Vibrieren, kein kühler Kopf, nichts! Die Mutter wandte ihren Kopf, sah Vincent an und fragte mit bebender Stimme:

„Würdest du bitte so nett sein, und die Rettung verständigen? Der Bub ist doch aus zwei Metern Höhe auf den Asphalt aufgeschlagen! Und ich getraue mich nicht, ihn ins Krankenhaus

49

zu transportieren: wer weiß, ob nicht seine Wirbelsäule verletzt wurde?"

Sofort reagierte Vincent, stellte die Verbindung her und die Hilfe sollte in Kürze am Spielplatz eintreffen! Danach entschuldigte sich Vincent bei der Mutter und entfernte sich vom Unglücksort: er war vollkommen verstört! Er hatte, angesichts seiner bisherigen Hilfeleistungen, nun das erste Mal erlebt, wie hilflos er eigentlich ohne seine Wunderkräfte war! Er kam zu einer Parkbank, setzte sich und starrte mit schweren Gedanken vor sich hin. Und automatisch entstand vor seinem geistigen Auge die Situation, die sich niemand wünschen wollte: er würde mit seinem Vater in ein fernes Land zu einem hoffnungslos kranken Menschen kommen und eben, als er seine hilfreichen Hände auflegen würde, verging der *BOING*! Und zwar unwiederbringlich! Vincent sah in Gedanken die entsetzten Blicke des Kranken, die enttäuschten Gesichter aller anwesenden Anverwandten und die höhnischen Gesichter der ebenfalls anwesenden Ärzte!

Vincent beugte sich vor, stützte seine Ellenbogen auf den Knien auf und legte sein Gesicht in die geöffneten Hände! Wie würden diese enttäuschten Menschen nun seine Anwesenheit aufnehmen? Mit welchem medialen Spott müsste seine Familie rechnen? Denn eines war Vincent klar, und er war nicht sicher, ob Papa einen möglichen Misserfolg einkalkuliert hätte: die Meute der Journalisten würde ihn nach solch einem Absturz medial in der Luft zerreißen!

Aus den Augenwinkeln bemerkte Vincent den Sanitätswagen, der nun neben dem Kletter-

50

turm angehalten hatte. Arzt und Assistent sprangen aus dem Wagen und kümmerten sich um das verletzte Kind! Vincent erhob sich und begab sich schnellen Schrittes zum Kletterturm: er wollte unbedingt wissen, wie schwer sich der Knabe verletzt hatte! Als Vincent sah, dass man eine Spezial-Bahre aus dem Wagen holte, war für ihn klar: das Kind dürfte sich doch ernstlich an der Wirbelsäule verletzt haben!

„Darf ich fragen," meldete sich Vincent nun bei dem Arzt „wohin Sie den Buben jetzt bringen?"

„Nun ja," antwortete dieser nachdenklich „Scheinen ein paar Halswirbel gebrochen zu sein! Wir werden ihn aber für eine erste genaue Untersuchung doch ins Unfallkrankenhaus bringen müssen!"

Vincent dankte und wandte sich an die Mutter:

„Entschuldigen Sie, gnädige Frau, mein Name ist Vincent Kopp! Und ich wäre doch interessiert, wie es Ihrem Sohn geht! Würden Sie mir vielleicht Ihre Telefonnummer geben, sodass ich mich demnächst bei Ihnen melden darf?"

Vincents ruhige und höfliche Art ließen die Frau aufhorchen: dieser junge Mann hier, der war sichtlich interessiert, wie ihr schwerverletzter Sohn den Sturz überstanden hatte? Genau konnte sie nachher nicht sagen, warum sie dem Jungen ihren Namen und ihre Telefonnummer gegeben hatte, aber sie tat es eben! Vincent hatte Frau Spengreichs Namen und Nummer sofort eingespeichert, verabschiedete sich, wünschte dem Knaben noch alles Gute und ging etwas unruhig

51

und mit gemischten Gedanken zurück nach Hause!

Aber er hielt es nicht sehr lange aus: bereits am nächsten Nachmittag kontaktierte er die Mutter des verunglückten Jungen und erkundigte sich nach dem Zustand ihres Sohnes. Die Mutter war sehr zögerlich mit ihren Antworten, da sie aber Vincent am Unfallort doch sehr gefühlvoll angesprochen hatte, gab sie ihm bekannt:

„Etwas in Kennys Halswirbelsäule ist gebrochen!" Jetzt hörte Vincent nur noch verhaltenes Schluchzen in der Leitung! „Er...er...wird vielleicht nie wieder gehen können, meinen die Ärzte! Es ist so schrecklich...ich verstehe nicht, wie denn das passieren konnte? Kenny ist doch so ein sportlicher, geschickter Junge!"

Vincent verhielt sich vorerst ruhig, dann fragte er behutsam:

„Frau Spengreich, wo liegt Kenny denn zur Zeit?"

„Bei der Barmherzigen Bruderschaft!" kam die Antwort „Aber, ich weiß nicht, ob du ihn besuchen darfst?"

„Nun," meinte Vincent darauf „Ganz sicher werde ich dort keinerlei Aufhebens machen! Aber wenn Kenny wach ist, möchte ich kurz mit ihm sprechen, wenn ich darf?"

Nach einigen hörbaren Atemzügen meinte Kennys Mutter:

„Ja, gerne, lieber Vincent! Und rufst du mich danach bitte an, was es heute bei Kenny Neues gibt? Ich kann ihn heute nicht besuchen, seine Oma liegt zur Zeit mit einer gebrochenen

Hüfte im Bett und ich weiß schon gar nicht mehr, wo mir der Kopf steht!"

Vincent dankte höflich, verabschiedete sich und begab sich direkt ins Spital. Unterwegs plötzlich begann sein Kopf eiskalt zu werden, Zittern überfiel ihn am ganzen Körper und als er jemanden um den Weg zum Krankenhaus fragen wollte, versagte ihm komplett seine Stimme! Aber Vincent wusste: käme er heute an Kenny heran, so könnte er ihm sofort helfen!

Im Krankenhaus erkundigte er sich nach der Station, auf der Kenny untergebracht worden war. Mit der offiziellen und mahnenden Bemerkung, dass jetzt eigentlich keine Besuchszeit wäre, gab ihm der Portier mit zwinkerndem Auge den Weg bekannt. Vincent trat im 5. Geschoß aus dem Lift und wandte sich nach links zur Neurologischen. Er traf niemanden auf dem Gang an, ging bis zum Zimmer 12 und trat ein. Zwei Betten gab es hier, aber nur eines war belegt und zwar mit Kenny! Vorsichtig trat Vincent ans Bett, Kenny hatte den Luftzug bemerkt, aber seinen Kopf konnte er wegen der Gipsmanschette nicht zur Türe hindrehen! So versuchte er eben, den Besuch mit den Augen zu erfassen. Im ersten Moment wusste er nicht, mit wem er es zu tun hatte, aber langsam dämmerte es ihm: war das denn nicht der Junge vom Spielplatz, der ihn nach dem Absturz genau betrachtet hatte?

„Hallo!" sagte Kenny mit schwacher Stimme „Warst du nicht gestern auf dem Spielplatz und hast mich so komisch angesehen, nachdem ich vom Kletterturm gefallen war?"

53

Trotz seines sonderbaren Zustandes nickte Vincent:

„Dann…dann konntest du also doch deine Umgebung…wahrnehmen? Ich dachte, du wärst voll…ohnmächtig gewesen?" Er lächelte und legte seinen Finger auf den Mund, was für Kenny Schweigen bedeuten sollte! Verwundert blickte dieser auf Vincent, der jedoch schüttelte nur den Kopf, setzte sich verbotenerweise auf den Bettrand und hob die Decke hoch. Kenny runzelte die Stirn, so etwas nämlich hatte er nicht kommen sehen! Aber Vincent bedeutete ihm wieder, ruhig zu bleiben, schob jetzt vorsichtig seine rechte Hand mit der Handfläche nach oben unter Kennys Rücken und erneut legte er einen Finger an die Lippen! Er schloss die Augen und atmete einige Mal tief durch! Kenny war derart perplex, dass er keines Wortes fähig war und Vincent gewähren ließ!

Jetzt legte dieser seine linke Hand auf Kennys Bauch und drückte beide Hände behutsam gegeneinander: in diesem Moment entrang sich ein unglaublich schwerer Seufzer Kennys Brust, sein Gesicht verzog sich schmerzhaft und ein leise Stöhnen folgte! Dann fielen seine Augen zu und er war eingeschlafen! Vincent ließ seine Hände noch einige Minuten bei Kenny und hoffte, dass nicht gerade jetzt jemand das Zimmer betreten würde: diese momentane Position sah wohl, von einem Fremden wahrgenommen, nicht unbedingt vorteilhaft aus für Vincent, aber er hatte Glück: laufend eilte Personal an der Zimmertüre vorbei, aber zu Kenny kam niemand herein!

Als Vincent das Gefühl hatte, seine Kraft effektvoll übergeben zu haben, nahm er vorsichtig seine Hände zurück, erhob sich und verließ das Krankenhaus. Er rief Kennys Mutter an und teilte ihr mit, dass sie morgen ins Krankenhaus kommen solle: es gäbe Neuigkeiten für sie! Ihren verwunderten Fragen wich er aus und wünschte ihr und ihrem Sohn alle Gute! Er unterbrach das Gespräch und fuhr nach Hause!

Die Pressekonferenz

Einige Tage danach meldete sich bei Vincents Vater ein Journalist:

„Hallo, Herr Kopp? Hier spricht Guido Hartheimer vom Linzer Abendblatt! Darf ich Sie um ein Interview bezüglich der außerordentlichen Begabung Ihres Sohnes ersuchen?"

Emil war bestens vorbereitet und entgegnete:

„Lieber Herr Hartheimer! Übermorgen, am 6. August habe ich für 14 Uhr zu einer Pressekonferenz im Blauen Saal des *Hotels Gandalf* in Linz geladen und viele Ihrer Kollegen werden dort anwesend sein! Natürlich sind auch Sie herzlichst eingeladen, an dieser Konferenz teilzunehmen!"

So ging es auch noch am nächsten Tag und nicht nur in-, sondern auch ausländische Presse würde morgen vertreten sein! Und Emil wusste: was er morgen den gespannt wartenden Journalisten eröffnen würde, das würde in der ganzen Welt enormes Echo auslösen! Emil war in toller Stimmung, nur die seltsamen Blicke, die Sigrid, seine Gattin, ihm seit diesem Familientreffen zuwarf, die störten immens! Niemand in seiner Familie jedoch sagte etwas negatives zu ihm und auch Vincent verhielt sich irgendwie willenlos, als sein Papa ihm eröffnete, morgen an dieser Pressekonferenz teilnehmen zu müssen!

Als Emil am nächsten Tag nach dem Mittagessen zu Vincent hinauf rief, um ihn zu erinnern, sich langsam für die Abfahrt fertigzumachen, stand plötzlich auch Sigrid im Flur!

„Hey?" meinte Emil etwas überrascht „Hast du vielleicht vor, auch mitzukommen?"

„Nun, was denkst du, mein lieber Mann," entgegnete sie ihm mit ruhiger Stimme „dass die Journalisten nicht auch die Eltern von diesem Wunderkind kennenlernen möchten? Und wenn nun die Mutter des Jungen nicht dabei wäre? Wie, bitte, sähe das denn aus, hm?"

Das war es eigentlich nicht, was Emil wollte: durch das Beisein von Sigrid nämlich könnte Vincent negativ beeinflusst werden! Und ob dann auch seine Ideen, die er mit den Journalisten hinsichtlich nationaler und internationaler Bewerbung von Vincents Wunderkräften erörtern wollte, dann auch so durchgehen könnten?

„Ok, mein Schatz!" nickte er „Dann kommst du natürlich mit! Aber bitte: lasse mich mit den Journalisten reden, ohne deine Einwürfe, auch wenn sie dir auch noch so angebracht erscheinen, ja?"

Also fuhr Sigrid mit. Sie saß hinter Vincent und einige Male begegneten im Rückspiegel ihre Blicke für einige Sekunden denen ihres Mannes. Ohne ein einziges weiteres Wort in dieser Angelegenheit gesprochen zu haben, kamen sie beim Hotel an und begaben sich gleich hinauf in die erste Etage zum für sie reservierten Konferenz-Saal. Aber was sie dort erwartete, das war ein furchtbarer Schock für Sigrid! Bereits im Foyer drängten sich Kameraleute mit ihren Beleuchtern, Reporter mit ihren Mikrofonen! Sie alle hatten im Saal keinen Platz mehr gefunden und die Security musste der geltenden Sicherheitsvorschriften wegen einen Großteil der angereisten Journalisten in

57

das Foyer verbannen! Hier wurde bereits an der Installation von Bildschirmen und Lautsprechern gearbeitet, um den hier versammelten Journalisten auch zumindest visuellen und akustischen Zugang zu den Interviews im Saal zu gewähren! Als die Familie im Foyer eintraf, entstand sofort Unruhe in der Menge, großes Geschrei und Gedränge entstand unter den Wartenden! Alle wollten vorab Stellungnahmen der Familie Kopp einfangen, die Sicherheitsleute jedoch waren absolute Profis: sie geleiteten Sigrid, Emil und Vincent ohne ungeplanten Aufenthalt durch die Horde der aggressiven Journalisten hinein in den Saal!

Hier saßen die rechtzeitig angekommenen Reporter auf den vorbereiteten Stühlen: sie waren von den Securities entsprechend informiert und angewiesen worden, vorab keinerlei Fragen zu stellen, sondern zu warten, bis die Familie Kopp hinter den installierten Mikrofonen Stellung bezogen hatte! Hinter den Mikrofonen war eine Video-Wall und ein Beamer installiert. Nachdem die Saaltüren geschlossen worden waren, trat Emil ans Mikrofon und stellte dieses auf seine Körpergröße ein. Nun blickte er einige Sekunden in die Runde, wartete ab, bis es ganz still geworden war und begann:

„Werte Anwesende! Lange Zeit hatte ich nachgedacht, mit welchen Worten ich Ihnen allen diese seltene Gabe unseres Sohnes Vincent denn übermitteln könnte! Und erstens: wie ich meine Familie überzeugen konnte, dass es sinnvoll ist, diese Kraft den Menschen allgemein zugänglich zu machen! Und zweitens, wie ich Ihnen glaubhaft machen kann, welche wunderbaren Fähigkeiten unserem Sohn innewohnen! Damit Sie das alles ganz schnell und einfach verstehen sollen: unser Sohn ist in ganz bestimmten, aber leider nicht vorhersehbaren Phasen von einigen Tagen in der Lage, Verletzungen, Krankheiten und auch neurologische Beschwerden nur mit dem Auflegen seiner Hand zu heilen, jawohl, meine Herrschaften: zu heilen!"

Allgemeines Gemurmel und ungläubiges Kopfschütteln, ja sogar einige abwertende Lacher gab es nun im Publikum! Emil ließ sich dadurch jedoch nicht entmutigen, sah noch einmal kurz in die Runde und fuhr fort:

„Vincent war in der Lage, einen Schlaganfall nur durch das Auflegen seiner Hand vollkommen zu neutralisieren! Weiters konnte er die schwere Rückenverletzung eines Buben, der unglücklich vom Kletterturm gefallen war und mit Wirbelbrüchen eingeliefert werden musste, auf wundersame Weise in Nichts auflösen! Und die schweren inneren Verletzungen eines Bauern, der sich beim Ausbeinen eines gerade geschlachteten Schweines ungeschickt das Messer in den Bauch gerammt hatte, gab es nach Vincents Behandlung einfach nicht mehr! Alle in diese Fälle involvierten Ärzte konnten das nicht glauben und verwiesen diese nicht erklärbaren Heilungen in das Reich der Scharlatanerie! Schlussendlich aber mussten sie eingestehen, dass da irgendetwas dran war an Vincents heilsamem Handauflegen!" Eine kurze Pause folgte, dann wies Emil kurz nach hinten zu der Videoanlage und informierte die Journalisten: „Über all diese Vorfälle gibt es eindeutige Be-

59

weise, also Protokolle der behandelnden Ärzte, schriftliche Berichte der Rettungs-Sanitäter, eine Niederschrift des Gemeinde-Arztes im Falle des verletzten Bauern, etc., etc.,!"

Damit gab er dem an der Video-Anlage sitzenden jungen Mann einen Wink, worauf dieser das Gerät einschaltete und sofort erschienen auf der Video-Wand hintereinander die schriftlichen Beweise über die zuvor genannten Fälle!

Als die Vorführung beendet war, sagte Emil:

„Wir werden bedauerlicherweise nicht die Zeit haben, Ihnen allen diese Unterlagen per e-mail zu übermitteln. Daher ersuche ich Sie, die für Ihre Reportagen notwendigen und jetzt gleich nochmals gezeigten Unterlagen fotografisch festzuhalten!"

Und damit erfolgte die Wiederholung der Vorführung und bei jedem gezeigten Bild klickten die Kameras und erhellten hunderte Blitze den Raum! Ebenso spielte sich das alles im Vorraum ab, wo noch viele Reporter Emils Auftritt per Videowall mitverfolgen konnten!

Die Presskonferenz wurde von einem anschließenden kalten Buffet begleitet, Emil jedoch hatte, natürlich entgegen den Hoffnungen der Reporter, Vincent bereits mit Sigrid nach Hause geschickt, um ihm den Fragen-Katarakt der Journalisten zu ersparen! Trotzdem wurde es für die Familie Kopp ein höchst erfolgreicher Nachmittag: erst gegen 19 Uhr löste sich die Versammlung auf. Emil hatte den Reportern jede Menge Fragen zu beantworten, was er gerne und mit einigen publikumswirksamen Übertreibungen auch tat! Als er dann abends zu Hause ankam,

60

war Vincent bereit zu Bett gegangen. Sigrid saß im Wohnzimmer auf der Dreier-Bank der Sitzgarnitur und sah ihren Mann mit neugierigem Blick an!

„Nun, mein lieber Mann?" fragte sie „Was wird da jetzt wohl herauskommen aus dieser Werbekampagne?"

Emil war sich voll bewusst, dass er mit seiner Entscheidung, Vincents Gabe gewinnbringend zu vermarkten, auf keine Gegenliebe in seiner Familie gestoßen war! Aber er wusste auch, dass es das, was Vincent konnte, auf diesem Erdball kein zweites Mal gab! Er nahm neben Sigrid Platz, nahm ihre Hand in die seine und meinte beruhigend:

„Sieh mal, Liebste: niemand auf dieser großen, weiten Welt kann das, was unser Sohn kann, oder?" Er versuchte, ihr in die Augen zu sehen, aber sie hielt ihr Gesicht abgewandt! „Wie ich weiß, seid ihr, Du und Leon, dagegen, dass wir aus Vincents großer Gabe ordentlich Kapital schlagen werden!" Noch immer blieb Sigrid abgewandt und Emil wusste, er müsste nun ein wenig einschwenken, um das Klima in seiner Familie nicht ganz zu ruinieren: „Also, gut, mein Schatz!" gab er ihr nach einigem Nachdenken bekannt „Wirst du einverstanden sein, wenn ich schwöre, die Vermarktung von Vincents Kräften auf maximal zwei Jahre zu beschränken? Und euch danach auch nie wieder mit Honoraren, mit Gewinnen usw. zu belästigen?"

Jetzt drehte Sigrid ihren Kopf, sah ihrem Mann lange in die Augen, dann nahm sie seinen

Kopf in ihre Hände, gab ihm einen langen Kuss und meinte:

„Ich danke dir, Schatz, dass du das einsiehst! Aber das eine sage ich dir gleich: egal, wie sich dein Plan entwickelt: ich werde unseren Sohn keinesfalls der Gier der Meute aussetzen und ihn psychisch und vielleicht auch physisch kaputtmachen lassen! Weder von dir noch von diesen Journalisten, verstanden?"

Emil nickte bestätigend, drückte sie nochmals fest an sich, aber in seinem Kopf war er bereits ganz woanders: nämlich bei der Organisation von Vincents möglichen Einsätzen! So nannte er die nächste Zukunft seines jüngeren Sohnes!

Emils großes Geschäft beginnt...

Und natürlich kam es, wie zu erwarten war! Die Medien überschlugen sich mit mehr oder weniger aufgeblähten Nachrichten über das Wunderkind Vincent! Tausende von Journalisten wollten Exklusiv-Interviews vereinbaren, Sigrid allerdings hatte in weiser Voraussicht ihr Telefon abschalten lassen und eine Geheimnummer vereinbart. Somit war, bis findige Reporter auch diese Nummer ausfindig gemacht haben würden, für dieselben kein kommunikatives Durchdringen zur Familie Kopp möglich!

Emil hatte alles folgendermaßen organisiert: in der bekanntesten Tageszeitung wurde eine Rubrik eingerichtet, in der kostenlos schwere Fälle von Verletzungen oder Krankheiten angegeben werden konnten. Neben dem Text war eine Spalte freigelassen, in der der Patient bzw. seine Angehörigen, ihre Kontakt-Adresse bzw. ihre Telefonnummer bekanntgeben sollten. Bereits zwei Tage nach Veröffentlichung waren diese Rubriken natürlich total überlastet! Aber die Redakteure arbeiteten profimäßig: wer zuerst kam, wurde auch zuerst eingetragen!

Emil saß im Wohnzimmer und studierte die Eintragungen. Hier fand er als Nummer Vier wie folgt:

Alleinerziehende Mutter von drei Kleinkindern, 30 Jahre, nach unverschuldetem, schwerem Sturz in eine Baugrube teil-querschnittgelähmt!

Aber Emil schaltete im Kopf alles aus, was keinen Gewinn bringen konnte! Eine Mutter von

63

drei Kleinkindern? Welchen Betrag könnte er hier wohl lukrieren? Praktisch null! Er fuhr mit dem Finger weiter nach unten:

Ex-Ministerin, 70 Jahre, bereits unheilbare Leberzirrhose, letztes Stadium.

Hm.., klingt interessant! Emil spürte leichte Erregung in sich aufsteigen! Das war für ihn wie der erste Schritt eines Archäologen in ein neu entdecktes Pharaonen-Grab! Er wählte die neben dem Text angegebene Nummer, ein Mann hob ab und meldete sich mit Namen:

„Kramberg, guten Tag!"

„Kopp spricht hier, Emil Kopp! Ich bin der Vater von Vincent und möchte mit Ihnen über eine mögliche Heilung dieser Lebererkrankung sprechen! Handelt es sich um Ihre Gattin?"

Diese Frage musste Emil stellen: das Nahverhältnis müsste die Höhe des Honorars bestimmen können! Ein paar Sekunden war es still am anderen Ende der Leitung, dann sagte der Mann:

„Jawohl, es handelt sich um meine Frau und sie ist in einem wirklich schlechten Zustand! Werden Sie bzw. Ihr Sohn helfen können?"

„Ich denke," antwortet Emil „dass wir Sie gleich mit Beginn der nächsten Phase kontaktieren werden, ok?"

„Was meinen Sie mit Phase?"

„Nun, mein Sohn kann diese Heilungen nur im Zuge eines speziellen physischen Zustandes durchführen! Dazu sollte ich nun auch wissen, welches Honorar Sie sich für die vollkommene Heilung Ihrer Gattin denn vorgestellt hatten?"

64

Jetzt herrschte absolute Stille. Emil konnte nur den schweren Atem des Mannes vernehmen und er wartete. Endlich meldete sich der Mann:

„Also ich weiß nicht so recht, was ich hier angeben sollte! Ich habe doch keine Ahnung, wie man das bewerten soll!"

Emil begann zu schwitzen! Seine Hände waren schweißnass und er musste sich zwingen, dem Mann zu antworten! In seiner Aufregung war er aufgestanden und ging im Raum hin und her! Es war ein Schuss ins Blaue, aber er wusste, wenn er nicht mit einem ad hoc gewählten Betrag anfing, würde er nie auf eine gewinnbringende Schiene kommen!

„Das würde einhunderttausend Euro ausmachen, Herr Kramberg! Zahlbar cash sofort nach der Behandlung!"

Keine Sekunde verging und der Mann antwortete:

„Das ginge in Ordnung! Und ich hoffe, Ihr Herr Sohn wird seine Phase möglichst bald bekommen?"

„Das, lieber Herr Kramberg, das hoffen wir ebenso! Also: Ihre Gattin ist vorgemerkt und wir melden uns dann verlässlich! Auf Wiederhören!"

Nach dem Beenden des Telefonates sank Emil, das Handy noch in der Hand, schwer atmend in den Fauteuil: wenn das so weiterging, würden sie in einem Jahr Millionäre sein! Und schon begann sein Gehirn zu arbeiten: bekäme Vincent seine Phase, so könnte er innerhalb dieser paar Tage bis zu zehn Behandlungen durchführen! Und über fiktive Beträge wollte Emil momentan gar nicht nachdenken!

65

Sigrid betrat das Zimmer, sah ihren Mann an und fragte:

„Nun? Hattest du schon Kontakt mit einem Interessenten?"

Emil blickte sie mit leuchtenden Augen an und meinte nur:

„Einhunderttausend, mein Schatz, einhunderttausend! Für die Heilung der Leber-Zirrhose einer Ex-Ministerin!"

Aber die von Emil erwartete große Freude seiner Sigrid blieb aus. Sie nickte nur ergeben, zuckte mit den Schultern und meinte:

„Na, da hoffe ich doch für dich, dass Vincent das auch schaffen kann! Und wenn vielleicht nicht?"

„Aber Sigrid!" rief Emil verhalten „Was hat der Junge denn nicht schon alles zuwege gebracht? Warum glaubst du nicht an seine übernatürlichen Kräfte?"

Nochmals zuckte sie mit den Schultern und verließ das Zimmer. Emil war enttäuscht: immer vermittelte sie ihm das Gefühl, er wäre ein gieriger, rücksichtsloser Vater! Er schüttelte den Kopf und nahm die Zeitung wieder zur Hand. Jetzt las er den Text des nächsten hilfesuchenden Lesers:

Unsere kleine Tochter, 4 Jahre, hat Blutkrebs. Sie ist im letzten Stadium, wurde von den Ärzten aufgegeben und bereits nach Hause überstellt! Wir sind sehr, sehr verzweifelt!

Emil hielt inne: jetzt, da er sicher sein konnte, genügend Kohle mit Vincents Gabe verdienen zu können, schlich sich bei ihm der Gedanke ein: *Na, und wenn wir dieses Mädchen vor dem sicheren Tod retten, vielleicht gar nichts kassieren, aber ich dann der Held der Nation sein könnte?*

Schon hatte er die Nummer gewählt, eine Frau hob ab und meldete sich mit Namen:

„Guten Tag! Weiler spricht hier!"

„Einen wunderschönen guten Tag wünsche ich, Frau Weiler!" sagte Emil mit aufbauendem Ton in der Stimme „Kopp spricht hier, der Vater von Vincent und wir würden Ihrer Tochter vielleicht helfen können?"

Zuerst gab es keine Antwort. Emil kannte das bereits und er half ein wenig nach:

„Ihre Kleine hat doch Blutkrebs, wie Sie schreiben, nicht? Naja, und da könnte unser Vincent helfen, wenn Sie einverstanden wären?"

Jetzt dürfte die Frau sich gefangen haben und rief:

„Aber…das…das gibt es doch nicht! Um Gottes Willen, Sie sind wirklich der Vater von diesem Wunderkind? Aber…wie soll das denn jetzt weitergehen? Unsere Leila ist doch schon in einem schrecklichen Zustand und…" jetzt musste sie ein paar Sekunden abbrechen, das alles war zu viel auf einmal für sie „…und die Ärzte geben ihr nicht mehr allzu lange, wir sind…"

Emil vernahm ihr Schluchzen, er presste die Lippen aufeinander, überlegte kurz und meinte:

„Jetzt hören Sie, Frau Weiler: wir wissen nicht, wann unser Vincent seine Phase, in der er Menschen heilen kann, bekommen wird! Aber normalerweise brauchen wir darauf nie mehr als 3-4 Wochen zu warten! Versuchen Sie bitte, sich zu beruhigen, gnä´ Frau, die Chance, dass wir Ihre Tochter gesund machen können, ist doch

67

sehr groß! Und wir werden das für Sie kostenlos machen, Frau Weiler! Also: ich habe Sie soeben als erste Patientin eingetragen, ok?"

Frau Weiler bedankte sich überschwänglich und Emil war schon daran, die nächste Telefonnummer anzuwählen!

„Hier bei Rechberger!" meldete sich eine Frauenstimme.

„Guten Tag! Hier spricht Emil Kopp, ich bin der Vater von Vincent, dem Wunderheiler und Sie haben sich in die Liste mit den Kranken eingetragen! Wer benötigt Hilfe und worum handelt es sich denn?"

Nach einer Weile meldete sich die Frau:

„Also hören Sie," antwortete sie und ihre Stimme wurde zu einem Flüstern „Sie sind hier richtig bei den Rechbergers, ja? Ich bin Mira, die Haushälterin, und mein Chef, Herr Rechberger, leidet, so sagen die Ärzte, unheilbar an Knochenkrebs! Ich dachte eben nur, dass Sie vielleicht..."

„Aber natürlich könnten wir Ihrem Herrn Rechberger helfen! Die Frage ist nur - ich hoffe, Sie werden das verstehen - das wird es nicht kostenlos geben, verstehen Sie? Mit wem in der Familie also sollten wir Ihrer Meinung nach diesen Punkt besprechen?"

„Ja, aber...um wieviel geht es denn da?"

„Ich weiß nicht, ob Sie berechtigt sind, diesen Punkt zu diskutieren und schon gar nicht zu entscheiden, sehe ich das richtig?" warf Emil vorsichtig ein.

„Herr Rechberger weiß nichts von dieser Einschaltung in der Zeitung, müssen Sie wissen, Herr Kopp! Aber meine Chefin, Frau Rechberger,

68

hatte mich beauftragt, mit Ihnen die Krankheit ihres Gatten zu besprechen! Also…um welchen Betrag soll es dabei gehen?"

Emil war vorsichtig geworden, er wollte so einen schweren Fall aber nicht von der Angel lassen! Wenn diese Rechbergers ein Hausmädchen beschäftigen konnten, dann könnte es ja durchaus möglich sein, dass sie schon ein wenig begütert wären?

„Wissen Sie, Frau Mira, da haben bereits hunderte Menschen angerufen und sich um eine Behandlung beworben! Aber ich denke, wenn Frau Rechberger das Leben ihres Gatten einhunderttausend Euro wert ist, dann kann ich Sie gleich für die nächste Behandlungsrunde eintragen, was meinen Sie?"

„Warten Sie bitte eine Minute?" kam es aus dem Hörer. Emil war zuversichtlich: ein Menschenleben in diesen Zeiten mit einhunderttausend Euro erkaufen zu können, das klingt im Moment zwar viel, letztendlich aber haben die meisten Menschen aus der Mittelschicht die Möglichkeit, diese Summe aufstellen zu können!

„Hallo, Herr Kopp?" meldete sich Mira.

„Ja, ich bin da! Und?"

Das klang eiskalt und das war es auch! Aber Miras Stimme klang jetzt klar und deutlich, als sie Emil mitteilte:

„Alles ok, Herr Kopp! Und wann kann Ihr Sohn vorbeikommen?"

„Naja, das hatte ich schon angedeutet, liebe Frau Mira: Vincent kann nur dann heilen, wenn er in einer ganz bestimmten Phase ist und die tritt im allgemeinen immer alle paar Wochen für einige Tage auf! Ihr Herr Rechberger ist bereits eingetragen! Die Zahlung erfolgt cash, sofort nach der Behandlung!"

„Entschuldigen Sie, Herr Kopp!" meldete Mira sich nochmals kurz „Ich soll Sie fragen, welche Sicherheiten es für diese Art von Behandlung denn gibt?"

Emil überlegte jetzt rasch! Für diese - eigentlich ganz natürliche - Frage hatte er überhaupt kein Konzept vorbereitet! Und darum gab er Mira bekannt:

„Eigentlich gibt es keinerlei Sicherheiten für eine Heilung, liebe Frau Mira! Das dürften wir überhaupt nicht zusagen! Also, wenn das nicht klappt, dass Ihr Herr Chef wieder ganz gesund wird, erfolgt die Retournierung des Betrages, abzüglich 5% Aufwandsentschädigung! Alles klar?"

Emil konnte hören, wie Mira mit jemandem im Hintergrund leise die Angelegenheit besprach. Dann meldete sie sich und gab ihm bekannt:

„Also, das ginge in Ordnung, Herr Kopp! Und…wie soll das nun weitergehen?"

„Ganz einfach, Frau Mira: Sie warten ab, bis wir uns melden. Wann mein Sohn die Kraft haben wird, zu heilen, kann ich heute natürlich noch nicht sagen, aber wie bereits gesagt: Herr Rechberger wird als einer der ersten Patienten dran sein!"

Mira bedankte sich und das Gespräch wurde beendet. Emil saß da und wollte es nicht glauben! Seine Sigrid saß im Fauteuil gegenüber und war bei dem Gespräch anwesend.

70

„Und?" fragte sie emotionslos „Die berappen diese einhunderttausend Euro wirklich?"

Emil konnte ihren Vorwurf und ihre Ironie deutlich heraushören. Und er hatte plötzlich ein bedrückendes Gefühl der Angst! Der Angst vor der heute noch unabsehbaren, weiteren Entwicklung dieses unglaublichen Heilprojektes!

„Sieh mal, Schatz, das werden wieder einhunderttausend sein, das ist es den Menschen eben wert! Sie wollen doch nur leben, Schatz, sie wollen..."

„Aber nur die, die es sich leisten können, nicht?"

Emil holte tief Luft und schloss die Augen: er brauchte nun eine gute, eine fundierte Antwort für Sigrid, die ja im Grunde eine tiefe Aversion gegen seine neue Einkommensquelle hatte!

„Seit ewigen Zeiten, meine liebe Sigrid, hatte es Klassenunterschiede bei den Völkern der Erde gegeben: arme Menschen konnten sich kein ordentliches Essen leisten, während der begüterte Teil Feste feierte, dass es zum Schämen war! Immer schon hatte es zwischen armen und reichen Menschen Spannungen erzeugt, wenn das hungernde Volk die unglaublichen Ausgaben der herrschenden Klasse wehrlos miterleben musste! Aber, mein Schatz, du kannst immer dabei sein, wenn ich mit den hilfesuchenden Menschen spreche! Und du wirst erfahren, dass ich nicht ausschließlich den Reichen helfen werde, wir wollen auch zum Beispiel den Eltern von todkranken Kindern Hoffnung geben! Und das kann unser Sohn eben vollbringen! Also, warum dürfen

71

wir das, wenn Gott es gegeben hat, nicht zu unserem Vorteil verwerten?"

Das war eine für Emil ungewöhnlich lange Rede und Sigrid sah den Grund dafür in dem Bemühen ihres Mannes, sein Projekt unbedingt verantworten zu wollen! Und in den nächsten 20 Minuten fuhr Emil weitere Heilungen im Gegenwert von 400,000 Euro ein!

Das Heilungs-Geschäft

Und dann war es soweit: es war ein warmer, sonniger Freitag und die Familie saß gerade beim Mittagessen, als Vincent plötzlich wortlos aufstand und wie abwesend die Wand gegenüber anstarrte. Sofort war Sigrid klar: es war soweit! Sie erhob sich, trat an ihren Sohn heran und fragte behutsam:

„Ist das dein *BOING*, Vincent? Und denkst du, mit Papa zu einem Kranken fahren zu können?"

Nach einigen Sekunden nickte Vincent, aber Sigrid wusste, er musste sich jetzt erst einmal eine knappe halbe Stunde hinlegen! Emil war bereits aufgestanden, hatte sein Handy zur Hand genommen und die Nummer der Familie Kramberg gewählt!

„Hier Kramberg, guten Tag!"

„Emil Kopp spricht, Herr Kramberg! Unser Vincent würde noch heute, so in ca. zwei Stunden für eine Behandlung Ihrer Gattin bei Ihnen vorbei kommen! Ist das in Ordnung?"

Für Sigrid klang das unglaublich herzlos, es war wie die Ankündigung der Anlieferung eines Kühlschrankes! Erst nach ein paar Sekunden meldete sich Herr Kramberg und fragte:

„Heißt das jetzt, dass…"

„Jawohl, Herr Kramberg, das heißt es! Und können Sie den vereinbarten Betrag so schnell bereitstellen?"

Das war so schrecklich für Sigrid: sie hielt diese nüchterne und herzlos fordernde Atmosphäre nicht mehr aus und verließ wortlos das

73

Zimmer! Aber Emil war in Fahrt: schon hatte er die Nummer der Familie Weiler angewählt und Leilas Mutter meldete sich:

„Hier Weiler, guten Tag!"

„Hier spricht Emil Kopp, der Vater von Vincent! Wenn es Ihnen passt, würden Vincent und ich noch heute spätnachmittags bei Leila vorbeikommen! Können Sie zusagen?"

Frau Weiler war zunächst sprachlos! Sie wusste im Moment nicht, was sie antworten sollte, fing sich jedoch bald und sagte natürlich erfreut zu!

Nach etwa einer Stunde fuhren Emil und Vincent zur Adresse der Familie Kramberg ab. Es handelte sich um eine herrschaftliche Villa aus den Achtzigern auf einem riesigen Grundstück im 13. Wiener Gemeindebezirk! Sie wurden sofort eingelassen, gingen durch den Vorgarten und Herr Kramberg öffnete ihnen die mit kunstvollen Schmiedearbeiten verzierte Haustüre. Sie betraten einen großen, mit teuren Boden-Fliesen ausgelegten Vorraum. Der Hausherr ging nun vor und sie gelangten über eine gediegen gearbeitete, gewundene Holztreppe aus schwarzem Ebenholz hinauf in den ersten Stock. Dort wandte sich Herr Kramberg nach links, klopfte an die zweite Türe linker Hand und öffnete diese vorsichtig. Er bat die beiden herein und kurz darauf standen Emil und Vincent am Fußende eines mit allen technischen Raffinessen ausgestatteten Krankenhaus-Bettes! Frau Kramberg lag, bis zum Hals zugedeckt, auf dem Rücken und schien zu schlafen. Vincent betrachtete die Kranke einige Sekunden

74

lang, wandte sich dann an seinen Vater und sagte leise:

„Würdet ihr so nett sein und mich bitte kurz mit Frau Kramberg alleine lassen?"

Etwas erstaunt sahen sich die beiden Männer an, folgten jedoch Vincents Bitte und verließen den Raum. Frau Kramberg war inzwischen aufgewacht, sah Vincent am Fußende ihres Bettes stehen, holte ihre Rechte unter der Decke hervor, deutete auf den Jungen und fragte mit schwacher Stimme:

„Also du bist das, dieser Wunderheiler, von dem sie alle so viel Unglaubhaftes erzählen?"

Vincent lächelte kurz, hob die Augenbrauen und nickte bestätigend! Er wollte nicht sprechen, aber er trat nun an die rechte Seite des Bettes heran, nahm Frau Krambergs Hand in beide Hände und sah sie durchdringend an! Jetzt setzte er sich auf den Bettrand und schloss die Augen. Die Frau war vor Aufregung nicht in der Lage, irgendetwas zu sagen und ließ Vincent gewähren. Dieser konzentrierte sich eine ganze Minute lang. Danach schlug er die Decke vom Körper der Kranken so weit zurück, dass er seine linke Hand auf die rechte Seite, wo normalerweise die Leber sitzt, legen konnte! Jetzt begann er, leichten Druck auf den Bauch auszuüben, beließ die Hand dort und schloss wieder die Augen. Nach einer Minute erhöhte er den Druck und blieb in dieser Position.

Und all diese Bewegungen, Berührungen kamen nicht von Vincent selbst: es war eine unheimliche, nicht erklärbare Kraft, die seine Hände führte! Dann atmete er einmal tief ein und lange

75

aus, nahm die Hand zurück und erhob sich. Er zog die Decke wieder über den Körper von Frau Kramberg und blickte ihr lächelnd ein paar Sekunden in die Augen! Dann hob er den Arm zum Gruß, drehte sich um und verließ das Zimmer!

Draußen auf dem Flur standen sein Vater und Herr Kramberg und sprachen leise miteinander. Als Vincent auf den Flur trat, blickten sie überrascht auf und Emil fragte seinen Sohn:

„Und? Was konntest du erreichen, Junge?"

Vincent nickte nur mit einem zufriedenen Lächeln auf den Lippen! Dies war für Emil die Bestätigung, dass die Behandlung geklappt haben musste!

„Sie werden es nicht glauben, Herr Kramberg," sagte Vincent mit leiser Stimme „aber Ihre Gattin wird noch heute Abend vollkommen gesund sein!"

Damit schwieg er und wartete, wie Herr Kramberg reagieren würde! Dieser wandte sich nun zu der Türe, trat ein und Vater und Sohn konnten hören, wie er zu seiner Frau sagte:

„Nun, Hilda? Wie fühlst du dich?"

Und beide, Emil und Vincent, durften durch die offen stehende Türe vernehmen, wie Frau Kramberg ihrem Mann mit klarer und starker Stimme antwortete:

„Noch nie in den letzten Jahren, Liebling, habe ich mich so wohl gefühlt, wie nach dem Besuch dieses Jungen!"

Vincent und sein Vater blickten sich an und Emil legte seine Hand auf Vincents Schulter:

„Du bist wirklich ein Wunderknabe, mein Sohn! Jetzt fahren wir direkt nach Hause, du solltest dich ausruhen, ok?"

Natürlich soll sich der Bub ausruhen! dachte Emil im selben Augenblick: *Er soll fit sein für den Besuch, den ich noch für heute zugesagt hatte und für die Heilungen, die ich auch für morgen und auch gleich für Montag vereinbaren werde!*

Vincent nickte nur, er stand völlig emotionslos vor seinem Vater und hoffte, dass sie dieses Haus ehest wieder verlassen konnten! Jetzt kam Herr Kramberg wieder aus dem Zimmer und ersuchte den etwas angespannten Emil, unten an der Eingangstüre auf ihn zu warten, er werde nun das Geld holen! Und schon fünf Minuten später gingen beide hinaus zum Wagen, Emil mit den einhunderttausend Euro in einer weißen Papier-Tragetasche!

Sie fuhren nach Hause, wo Vincent sich für eine Stunde hinlegte, um sich etwas zu erholen! Sodann fuhren sie zur Adresse von Leila, dem Mädchen mit dem Blutkrebs!

Um drei Uhr nachmittags trafen die beiden an der Adresse der Familie Weiler ein. Das war einer der Wohnblöcke einer neuen Siedlung am südlichen Stadtrand Wiens. Nachdem ihnen Frau Weiler per Tastendruck die Stiegentüre geöffnet hatte, fuhren Emil und Vincent mit dem Lift vier Stockwerke hoch, wo sie am Gang vor der Wohnungstüre bereits von Frau Weiler empfangen wurden. Mit leicht erhobenen Händen bedeutete jene den beiden, dass sie noch etwas warten soll-

77

ten: sie müsse ihnen für den kommenden Besuch Vincents bei ihrer Tochter noch etwas erklären!

„Aber natürlich, Frau Weiler!" meinte Emil gespannt „Was hören wir da?"

Sie musste sich noch kurz räuspern, faltete ihre Hände vor dem Bauch und sagte leise:

„Ich weiß nicht, wie ich Ihnen das sagen soll, meine Herren! Aber meine Tochter wollte eigentlich überhaupt nichts wissen von einer Wunderheilung! Sie ist ein für ihr Alter unglaublich gebildetes Kind und solche Betrügereien, wie sie sie nennt, haben in ihrem Zimmer nichts verloren! So denkt sie eben und nun weiß ich auch nicht weiter!"

„Also, das müssen wir jetzt…" entgegnete Emil mit ernster Miene, wurde aber von Vincent unterbrochen, der mit emotionsloser Stimme meinte:

„Ich mache das schon, Papa, ich mache das! Am besten wird sein, ihr beide kommt einfach nicht mit hinein, damit wird sie nicht rechnen! Und dann wird sie mir auch die Chance geben, ihr zu helfen!"

Beide, Frau Weiler und auch Emil waren zuerst etwas verwirrt, aber Vincent fragte schon:

„Wo, bitte, hält Leila sich auf?"

Frau Weiler zuckte ergeben mit den Schultern und ging vor bis zu Leilas Zimmertüre. Sie klopfte leise an, öffnete und ließ Vincent an sich vorbei eintreten. Dann schloss sie die Türe hinter ihm und Vincent sah sich kurz im Zimmer um. Es war sehr hübsch für einen Teenager eingerichtet und alles war in angenehmem Blass-Grün gehalten: Möbel, Wände und auch der Spannteppich!

Leilas Bett war Bestandteil einer Regal-Wand vis-a-vis der Türe. Vincent war stehengeblieben, blickte nun hinüber zu Leila, die mit verkniffenem Gesicht und bis zur Brust zugedeckt, dalag!

„Hi!" sagte Vincent leise und er bemühte sich ernstlich, möglichst flüssig zu sprechen: „Ich bin Vincent Kopp und ich möchte dich kurz besuchen, um mit dir über eine mögliche Heilung deiner Krankheit zu sprechen! Was hältst du davon?"

Leila antwortete nicht, sondern wandte ihren Kopf zur Wand hin. Ihre Arme lagen auf der Decke und sie hatte ihre Hände ineinander verkrampft. Vincent konnte wohl bemerken, dass sie ein wenig unsicher geworden war, als er alleine, also ohne ihre Mutter, eingetreten war!

„Hör mal, Leila," versuchte er es erneut „Ich hab ja schon gehört, dass du nix…von Wunderheilungen hältst, aber das darf ich dir ehrlich sagen: ich ebenso nicht! Und zwar bis zu dem Zeitpunkt, da ich…eine ältere Dame, die im Zoo gerade vor mir mit einem…Schlaganfall zusammengebrochen war, alleine…durch das Auflegen meiner Hand gesund machen konnte! Nun… was…denkst du darüber?"

Es war diese ungezwungene, offene Art mit ihr zu sprechen, dass Leila langsam begann, aufzutauen! Sie wandte ihren Kopf hin zu Vincent, sah ihn eine Weile an und meinte etwas unwillig:

„Und was denkst du denn, wie das alles klappen konnte? So etwas gibt es doch auf keinem Schiff!"

„Wie das klappen konnte? Ich habe keine Ahnung, Leila, aber es war eine mir völlig unbe-

79

kannte Kraft, die…mich plötzlich zu der zusammengebrochenen Frau hintrieb und es war auch dieselbe…Kraft, die meinen Arm führte, meine Hand zu ihr hin leitete und sie vielleicht…eine Minute lang auf ihrer Kehle legen ließ! Und damit…naja, damit erhob sie sich plötzlich, sie stand da und war…ja, sie war… gesund!"

„Und wie," fragte das Mädchen „wie konntest du erfahren, dass diese Frau wirklich einen Schlaganfall hatte und nicht vielleicht doch nur einen Kreislaufkollaps?"

„Naja, ich hab´s in der Zeitung gelesen! Ich konnte diese…Meldung sofort zuordnen! Und danach, Leila, das wirst du nicht glauben, danach habe…ich einem Bauern, der sich mit…seinem Schlachtmesser schwer verletzt hatte, das Leben gerettet! Und dann auch noch einem kleinen Buben, der unglücklich…vom Kletterturm gefallen war und sich die Wirbelsäule gebrochen hatte! Er hätte…vielleicht sein weiteres Leben im Rollstuhl verbringen müssen, aber…ich habe ihn vollkommen gesund gemacht, Leila, ja wirklich!"

Sie sah ihn zweifelnd an, ihre Augen waren zu schmalen Schlitzen geworden, aber sie getraute sich nicht, Vincents Angaben abzukanzeln! Er konnte sich in etwa vorstellen, was sie eben dachte und setzte mit einem Schulterzucken hinzu:

„Aber, Leila, wenn ich…ganz, ganz ehrlich bin zu dir: ich…weiß es nicht! Ich weiß wirklich nicht, wie ich das alles…schaffen konnte! Und du liegst da, bist unheilbar an Blutkrebs erkrankt und möchtest…dir selbst durch meine Kraft nicht die Chance geben, gesund zu werden? Und…anstatt dessen noch mehr dieser schrecklichen chemischen Eingriffe in deinen jungen Körper zulassen? Das…sind doch Eingriffe, Leila, die wünsche ich nicht einmal meinem ärgsten Feind! Wir beide…sind doch noch jung, so wunderbar jung! Und…so wie ich weiß, wird meine Heilung keine…zwei Minuten benötigen, Leila!"

Er brach ab und war, während er sprach, mit ein paar unauffälligen Schritten an ihr Bett herangetreten. Und er durfte jetzt einen leichten Schimmer in ihren nun schon nicht mehr zusammengekniffenen Augen erkennen! Er lächelte, setzte sich neben sie auf den Bettrand und sagte leise:

„Leila! Ich…spüre soeben meine Kraft, wie sie mich zu dir hintreibt, Leila, meine Hände wollen…an deinen Körper, um diese grausame Krankheit ein für alle Mal vernichten zu können! Aber, Leila, DU…DU musst ja dazu sagen, nur du alleine bist jetzt für…deinen weiteren Lebensweg verantwortlich!"

Er saß da, seine Arme leicht erhoben, bereit dafür, erneut mittels seiner Wunderkraft eine Krankheit, ein Übel, eine Behinderung aus einem jungen, unglücklichen Menschen zu entfernen! Leila blickte ihm nun direkt in die Augen, kein Zweifel mehr war zu erkennen und sie nickte nur wortlos!

Vincent beugte sich leicht nach vorne, legte seine Hände auf Leilas brünettes Haar und beließ sie für etwa eine Minute dort. Er atmete tief ein und aus und hielt seine Augen geschlossen. Nachdem er sie wieder geöffnet hatte, merkte er, dass Leila eingeschlafen war! Und ihr Brustkorb hob und senkte sich unter ihren ruhigen, langen

Atemzügen! Jetzt legte Vincent noch seine beiden Hände links und rechts auf Leilas Schultern, verweilte einige Sekunden dort und nahm dann Leilas rechte Hand, drückte diese noch einige Sekunden lang mit beiden Händen und gleich konnte er spüren: sie war geheilt!

Er erhob sich vorsichtig und verließ leise ihr Zimmer. Draußen hörte er, wie sein Papa in der Küche leise mit Leilas Mutter sprach, begab sich dorthin und informierte die beiden einfach:

„Es ist in Ordnung, Frau Weiler, sie schläft jetzt! Aber wenn…sie aufwachen wird, sollte alles vorbei sein und Sie…brauchen keinen Arzt mehr zu konsultieren! Kein Arzt nämlich…wird das glauben, man wird Sie…wochenlang sekkieren und Sie können ja doch…keine Auskunft darüber geben, wie Leila gesund wurde, ok?"

Er wandte sich an seinen Vater und deutete mit einem Wink seines Kopfes, dass sie gehen könnten! Emil erhob sich, sie verabschiedeten sich von Leilas Mutter, wobei diese noch immer kein Wort hervorbrachte! Vincent drückte ihr noch einmal fest den Arm und setzte leise hinzu:

„Und Folgendes sollten Sie…Leila auch einschärfen, Frau Weiler: natürlich werden sie ihre Schulkolleginnen bedrängen, was sich da alles…abgespielt hätte? Und ich bin mir auch sicher, dass…Leila gegen diesen Ansturm von Fragen zwar nicht…ankämpfen wird können! Aber sie sollte möglichst…wenig von meinem Besuch erzählen, ok?"

Dann hob er die Hand zum Gruß und sie verließen die Wohnung! Vincent war plötzlich müde, sehr, sehr müde! Er saß neben seinem

82

Vater im Wagen und war sofort nach dem Anlassen des Motors eingeschlafen! Emil fuhr direkt nach Hause und als sie den Flur betreten hatten, stand Vincents Mutter da und empfing beide mit lächelnd, gleich darauf jedoch wurde ihr Blick sehr besorgt: so hatte sie ihren Sohn noch nicht gesehen! Seine Augen waren tief in den Höhlen, seine Wangen unnatürlich eingefallen und seine Schultern hingen herab, so als käme er von einem furchtbar kräfteraubenden Wettkampf! Sofort geleitete sie Vincent hinauf in sein Zimmer, wo er sich wortlos und wie eine automatische Puppe entkleidete und sich ins Bett legte. Sigrid wollte ihn nicht belästigen und hob sich ihre Fragen für später auf!

Sigrids Widerstand

Als sie hinunter in das Wohnzimmer kam, saß Emil auf der Dreier-Bank der Sitz-Garnitur. Er hatte sich einen Cognac eingeschenkt und sah sich die Liste mit den Anfragen durch.

„Hey, Schatz!" bemerkte sie fragend „Ist dir an unserem Vincent denn nichts aufgefallen?"

Emil blickte auf und sah sie verwundert an:

„Aber, was sollte denn so anders sein an ihm? Jaja, ich weiß, er hat noch seinen BOING und der wird ihn auch ganz schön hernehmen! Aber er hat die Heilung der kleinen Leila locker hingekriegt, Sigrid! Du: das glaubst du einfach nicht!"

Sigrid hatte ihrem Mann gegenüber im Fauteuil Platz genommen, sah ihn kopfschüttelnd an und sagte eindringlich:

„Emil! Verstehst du denn nicht, was ich meine? Vincent hat bei diesen Heilungen unglaublich viel an körperlicher Substanz verloren! Substanz nämlich, die sein Körper dringend für sein Wachstum benötigt! Das alles dürfte nicht ganz so unkompliziert und einfach ablaufen, wie du gedacht hattest! Er ist völlig fertig, Emil! Und was mir aufgefallen war, als ich ihn zudeckte und was mir große Sorgen bereitet: Vincent hat für mich und für sein Alter ganz plötzlich viele unerklärliche, kleine Fältchen an seinem Hals! So sieht nur eine Haut aus, die...die altert! Und dann noch diese vielen feinen, grauen Strähnen, die ich in seinem Haar bemerken musste? Kannst du mir folgen, Emil? Verstehst du das?"

84

Emil hatte seine Hände mit der Anfragen-Liste auf seine Schenkel sinken lassen. Er starrte seine Frau an, in seinem Kopf aber ging es rund wie in einem Karussell: hie Honorare, da Vincent, hie Sigrid, da Anfragen...er war nicht in der Lage, seiner Frau jetzt klar zu antworten, war doch er selbst der Verursacher dieses schlechten Zustandes seines Sohnes! Er hielt seinen Kopf gesenkt und überlegte krampfhaft, wie er sich rechtfertigen sollte! Sigrid wusste genau, wie es um ihn stand, aber sie sagte kein weiteres Wort: sie war gespannt, welchen weiteren Weg denn ihr Mann mit ihrem gemeinsamen Sohn wagen würde, zu gehen! Emil dürfte sich gesammelt haben, er hob den Kopf, suchte ihren Blick und meinte:

„Vincent wird wieder Ruhe haben, Schatz! Nämlich dann, wenn sein *BOING* vorbei sein wird! Und dann kann er sich erholen, braucht über nichts mehr von diesen anstrengenden Heilungen nachdenken und neue Kraft sammeln können!"

Sigrid konnte das nicht glauben! Hatte er sie denn überhaupt nicht verstanden? War sein Gehirn denn schon derart vollgestopft mit den unglaublichen Summen, die sie mit Vincents Wundergabe lukrieren konnten? Sie erhob sich, blieb jedoch vor ihm stehen und sagte mit fester Stimme:

„Ich werde das, mein lieber Mann, nicht zulassen! Ich werde nicht Gefährte sein wollen auf dem Weg, den unser Sohn durch seine zwar hilfreichen, jedoch ihn zugrunde richtenden Handlungen deiner Meinung nach gehen soll! Soweit ich das beurteilen kann, wird sein *BOING*

85

an einem der nächsten Tage sozusagen auslaufen und dann werden wir diese unschöne Angelegenheit gemeinsam besprechen!"

Sie wandte sich ab und begab sich in die Küche, um das Abendessen vorzubereiten. Und Vincents alarmierender Zustand ging ihr dabei nicht aus dem Kopf! Was hatten diese verdächtigen Fältchen an seinem Hals wohl zu bedeuten? Konnte das eine Art Dehydrierung sein? Vielleicht gar eine durch seine Anstrengungen anlässlich seiner Heilungen entstandene hormonelle Malfunktion?

Das Abendessen verlief an diesem Tag etwas ruhiger, eine ungewisse Spannung lag über der Familie! Leon war nicht informiert worden: Sigrid wollte unbedingt vermeiden, dass auch er in diesen stillen Kampf, den sie gegen ihren Mann führen musste, hineingezogen würde! Und Vincent? Er spürte, dass sein *BOING* langsam aber sicher nachließ, dass sein Kopf wieder normale Temperatur bekam und er keine Probleme hatte, zu sprechen! Aber Sigrid sprach kein Wort über diese sie höchst beunruhigende Situation! Man ging allgemein etwas früher als gewohnt zu Bett und Emil versuchte, als sie nebeneinander lagen, Sigrid zu beruhigen:

„Schatz, können wir bitte denn nicht so verbleiben, dass wir warten, wie Vincent sich entwickelt? Und wenn er seinen nächsten *BOING* bekommt, werden wir gemeinsam entscheiden, wie es mit ihm weitergehen soll, ja?"

Sigrid nickte nur dazu, aber sie wusste, dass es ihrem Mann ja nur um das Geld ging! Er hatte einfach nicht genügend Einfühlungsvermögen,

86

um seine Gedanken dahin zu lenken, wo er Sigrid und Vincent auf einer separaten Schiene belassen konnte! Immer würde er dem Geschäft den Vorzug geben: er war nun einmal so gestrickt!

Die Wochen vergingen, Emil hatte aus Rücksicht auf seine Gattin seine Anmeldelisten im Auto belassen und studierte diese, wenn er alleine unterwegs war. Und dort telefonierte er auch mit den Inserenten, um Termine zu vereinbaren! Und der Tag kam, da Vincent erneut diesen eigenartigen Zustand erfuhr: sein kühl gewordener Kopf, sein leichtes Vibrieren am ganzen Körper und seine Schwierigkeit zu sprechen! Natürlich hatte Sigrid Vincents Verhalten sofort bemerkt und sie bat ihren Gatten zu einem Vier-Augen-Gespräch in das Lesezimmer!

„Emil!" begann sie, nachdem sie die Türe zum Wohnzimmer geschlossen hatte, mit ihrem eingelernten Text „Vincent wäre wieder mit seinem *BOING* unterwegs, hast du das bemerkt?"

Emil nickte nur. Er bereitete sich gedanklich auf einen längeren Disput mit seiner Gattin vor: vier neue Heilungs-Termine hatte er bereits vereinbart und diese nun mit großer Hoffnung erfüllten Menschen durfte man jetzt sicher nicht enttäuschen!

„Wir beide hatten doch etwas vereinbart, oder irre ich mich, Schatz?" fragte Sigrid nun mit ruhiger Stimme. Emil war total in die Enge gedrängt! Einerseits wusste er, dass Sigrid mit ihrer Fürsorge für ihren Sohn im Recht war, andererseits jedoch wollt er diese einmalige Gelegenheit, durch Vincents Gabe unglaublich rasch zu viel Geld und zu einer sorgenfreien Zukunft zu

87

gelangen, nicht aufgeben! Er dachte die ganze Chose nochmals kurz durch und plötzlich hatte er den Einfall!

„Meine liebe Sigrid," antwortete er ihr mit beherrschter Stimme „wir beide kommen da nicht weiter, das kann man jetzt schon voraussehen! Aber ich denke, wir sollten doch den Menschen in unsere Entscheidungen miteinbeziehen, um den es eigentlich geht: um Vincent, oder?"

„Also, das willst du jetzt wirklich…" protestierte Sigrid, aber Emil unterbrach sie sofort: „Nein, Sigrid! Nein und nochmals nein! Fragen wir Vincent, wie es ihm geht, ok? Und er, nur er selbst kann uns seinen wirklichen Zustand verraten! Und nur er alleine soll entscheiden, ob er weitermachen möchte oder nicht!"

Sigrid gab auf. Sie wusste, dass sie hier nicht gewinnen konnte! Und im selben Moment war ihr klar, dass es ihre große Aufgabe sein würde, Vincent genau zu beobachten! Und im Ernstfalle, also sollte sich dessen Gesundheitszustand rapide zum Schlechten ändern, ihren Sohn mit aller ihr zur Verfügung stehender Macht aus den Fängen ihres geldgierigen Mannes zu befreien! Nachdem sie mit einem leichten Kopfnicken ihr Einverständnis signalisiert hatte, rief Emil Vincent herunter. Gleich darauf erschien dieser und nahm in dem Lesefauteuil neben seiner Mutter Platz!

„Hör mal, Vincent!" begann Emil emotionslos „Deine Mami und ich, wir sind nicht einer Meinung, wie bzw. ob wir deine Super-Heilkräfte auch weiterhin einsetzen wollen. Einsetzen dafür, Schwerstkranken, Behinderten, Unfallopfern oder anderen Hilfsbedürftigen deine Wunder-Kräfte zugutekommen zu lassen! Wir fragen uns nämlich, wie weit du das a la longue gesundheitlich wegstecken wirst können?"

Vincent sah etwas verwirrt auf! Zuerst sah er hinüber zu seinem Vater, danach blickte er seine Mutter längere Zeit an und meinte dann, schon deutlich langsamer als normal sprechend:

„Aber, ich weiß nicht, was...ihr von mir wollt! Ich spüre schon, dass mein *BOING* in den ...nächsten Stunden voll da sein wird und ich wie-der Menschen...helfen kann! Warum denn um aller Welt wollt ihr das nicht?"

Es müssen hier keine Details erwähnt werden: Vincent wollte weitermachen, Sigrid resignierte und Emil ging froh daran, die neuen Termine zu organisieren! Eigentlich ging es hier doch ums Geld und die Patienten mussten ja Zeit dazu haben, den Gegenwert für diese Wunderheilungen vorzubereiten!

Wieder klappte alles wie nach einem starren Regiebuch: unter den vier Geheilten befanden sich: eine Gräfin Adele Schrothmann-Lankits, die an nur unter Einnahme schwerster Medikamente zu ertragendem Rheumatismus litt. Ein Herr Lois Gunther, Generaldirektor einer der größten heimischen Banken, dessen beide Beine nach einem schweren Autounfall dauerhaft gelähmt waren. Dann noch Frl. Edelfried Hergensen, eine dänische Hochleistungssportlerin, die bei einem Querfeldeinlauf so unglücklich gestürzt war, dass sie ihr weiteres Leben nur mehr mittels zweier Achselkrücken bewältigen sollte! Und ein Maximilian Drechsler, schwerreicher Industrieller aus der

89

Waffenproduktions-Branche, der nach einem schweren Schlaganfall nur mehr zu Bett liegen konnte! Emil handelte pragmatisch: die Gräfin und der Manager zahlten einhunderttausend, die Dänin bekam die heilende Behandlung kostenlos und der Waffenproduzent zahlte ohne zu mucken dreihunderttausend Euro! Nachdem Emil und Vincent spätnachmittags von Amstetten, wo der Waffenproduzent wohnte, zurückgekehrt waren, prüfte Sigrid ihren Sohn eingehend! Und was sie feststellte, wollte sie eigentlich nicht glauben: auf Vincents Stirn hatten sich ebenfalls kleine Fältchen gebildet und auch an den Schläfen war Gleiches zu bemerken! Und wieder fiel Vincent total ermattet ins Bett, seine Mutter musste ihm sogar beim Ausziehen behilflich sein! Und es war wie nach einem Uhrwerk eingestellt: bereits am nächsten Tag begann Vincent zu fühlen, wie sein *BOING* nachzulassen begann! Und schon am zweiten Tag nach dem letzten Heilungs-Besuch befand Vincent sich wieder völlig normal, alle *BOING*-Symptome waren verschwunden und sein Leben ging vollkommen normal weiter. Oder besser gesagt: sollte normal weitergehen! Aber, wie zu erwarten, waren natürlich Details über diese Wunderheilungen an die Öffentlichkeit gedrungen! Und natürlich gab Emil den Journalisten vorerst und gezielt nur schwache Einzelheiten über die kostenlosen Heilungen bekannt! Und die Zeitungen schlachteten aus, wie es eben nur Zeitungen imstande sind: aus allem wurden populistische Reisser-Geschichten produziert, nichts stimmte wirklich und sowohl in- als

90

auch ausländische TV-Stationen beließen ihre Reporter in Wien!

Für Sigrid waren die vor dem Haus positionierten Reporter mit ihren Kameras eine Qual! Jeder Versuch, unbemerkt aus dem Hause zum Einkaufen zu gehen, misslang! Sofort waren sie und ihre Kinder von den nach Neuigkeiten gierenden Journalisten umringt und jedes Mal war es ein Kampf, sie letztendlich doch abschütteln zu können! Da kam Sigrid auf eine glänzende Idee: ihr eigenes Grundstück grenzte Rückseite an Rückseite an das Grundstück der Familie Bergmann. Als Frau Bergmann und Sigrid sich, wie so oft schon, das nächste Mal am Gartenzaun zu einem kleinen Pläuschchen trafen, erbat Sigrid sich von ihrer Nachbarin die Erlaubnis, für die Dauer dieser schrecklichen Belästigung durch die Meute der Reporter ihr Haus unbemerkt über das Bergmann'sche Grundstück verlassen zu dürfen! Frau Bergmann war sofort einverstanden, sie hatte Sigrid gern, sie schätzte sie als ordentliche, aufmerksame und liebende Mutter und Ehegattin! Innerhalb eines halben Tages schnitten die beiden Ehemänner einen mittelgroßen Durchschlupf in den die beiden Grundstücke trennenden Gitterzaun! Und damit ging niemand mehr aus dem und kam auch niemand in das Haus der Familie Kopp durch die Vordertüre!

Es brauchte dann immer ungefähr 10 Tage, bis man sich im Klaren war, nichts Bewegendes von der Familie erfahren zu können und nach und nach reisten die Reporter wieder ab!

Vincent und seine Schulklasse

Und natürlich soll hier auch erwähnt werden, wie Vincent seine eigentlich hilfreiche, aber höchst belastende Eigenschaft in seiner Klasse durchzustehen hatte: schon nach einigen Tagen der lästigen Fragen seiner Mitschüler war es ihm gelungen, wieder den Alltag dort einziehen zu lassen: es war klar, dass die meisten seiner Klassenkameraden von ihren Eltern gepiesackt wurden, mehr über ihren Kameraden Kopp herauszufinden: wie er denn diese Heilungen zustande brächte, woher er wohl diese Wundergabe hatte, was er während solch einer Behandlung wirklich fühle, etc., etc.!

Vincent war ein pragmatischer Typ: als ihm diese Fragerei zu lästig wurde und er die Buben nicht mehr mit fadenscheinigen Ausreden abwimmeln konnte, griff er zu einem wirksamen Trick: er bat Dr. Zimmerer, seinen Deutsch-Professor, der auch Klassenvorstand war, in der nächsten Deutschstunde ein paar Minuten für eine wichtige Ansprache zu bekommen! Natürlich war auch Dr. Zimmerer höchst interessiert, was sein prominenter und weltbekannter Schüler auf dem Herzen habe und genehmigte ihm diese Zeit!

Die nächste Deutschstunde fand am übernächsten Tag statt. Professor Zimmerer unterbrach plötzlich den Unterricht und verkündete, dass der Schüler Kopp seinen Kameraden etwas Wichtiges mitzuteilen habe! Damit nahm er am Katheder Platz und bat Vincent heraus vor die Tafel. Dieser kam nach vor, wartete einige

Sekunden und sagte dann laut und mit klarer Stimme:

„Liebe Freunde! Wie ihr ja alle wisst, hat mir mein Schicksal eine Begabung mitgegeben, mit der ich Menschen heilen kann. Ich habe keine Ahnung, wie das funktioniert, aber ich darf euch so viel verraten, dass mich jedes Mal, wenn ich den Raum, in dem der Kranke sich befindet, eine unsichtbare, starke Kraft an des Krankenbett herandrängt! Dann werden meine Hände wie von Geisterhand geführt und ich beginne, ohne sie wirklich lenken zu können, mit der Heilung! Ich ersuche euch heute ernstlich, mir keinerlei diesbezügliche Fragen mehr zu stellen: ich kann euch nicht, aber ich werde euch auch nicht darauf antworten! Meine Familie und ich, wir haben schon jede Menge Belästigung durch die vielen Reporter, die natürlich von Berufs wegen darüber schreiben sollen! Also, nochmals: bitte ab heute keine Fragen mehr über dieses Thema! Darf ich mit eurem Verständnis rechnen?"

Und das verstanden sie alle: Professor Zimmerer drückte Vincent für diese klare und informative Rede coram publico sein Kompliment aus und alle Kameraden benahmen sich ab diesem Tage ausnahmslos nach Vincents Bitte!

Und war die eine Belästigung vorüber, kam für Sigrid die nächste Beschwernis: wie würde dies alles enden? Wann bekäme ihr Vincent seinen nächsten *BOING*? Sie hatte sich geschworen, sollten diese Anzeichen bei Vincent sich nicht legen, dann müsste man mit diesen Heilungen einfach Schluss machen!

Arabien

Und dann kam sie, diese eigentlich zu erwartende Anfrage: einer der Söhne von Sultan Arif al Sharah aus einem Sultanat der VAR fragte an, wann Vincent ehest anreisen könne: der Vater läge unheilbar krank darnieder und man hoffe doch sehr auf Vincents Hilfe! Auf die Frage Emils, woran der Sultan denn erkrankt sei, gab es keine Auskunft: man solle nur die Summe nennen und bekannt geben, wann Vincent in das Sultanat einreisen wolle: Vincent würde mit dem Privat-Jet des Sultans abgeholt und auch wieder nach Österreich zurückgebracht werden!

Natürlich konnte die Familie des Sultans nichts über Vincents unregelmäßig auftretenden *BOING* wissen! Sie waren der Meinung, dass, wenn man alles über den Preis geklärt hätte, doch vom Vertragspartner umgehend reagiert werden müsse! Nachdem Emil den Verhandlern in langen Telefonaten die Umstände erklärt und letztendlich auch verständlich gemacht hatte, war man bereit zu warten! Emil hatte - und dies war in seinem Plan bereits fix vermerkt - für die Heilung des Sultans eine Million Euro genannt. Dieser Betrag wurde widerspruchslos akzeptiert und Emil war nun klar: bei jedem Anruf aus dem Orient musste ab sofort diese Summe genannt werden!

Mit großer Anspannung blickte Emil dem Besuch in diesem Sultanat entgegen! Und er hatte auch abgeklärt, dass mit Vincent dessen ganze Familie, also Emil, dann Sigrid und Leon mitkommen dürften! Entsprechend hatte man dort bereits zwei Suiten vorreserviert, unabhängig da-

94

von, wann die Familie in dem Sultanat eintreffen würde!

Und obwohl sie im Grunde gegen diese Wunderheilungen eingestellt war, konnte auch Sigrid sich nicht ganz der Aufregung vor dem Besuch in dieser fremden Welt entziehen! Der einzige, der keinerlei Nervosität oder Aufregung vor dieser Reise verspürte, war Vincent selbst! Er lebte sein Leben in gewohntem Ablauf, all diese von seinem Vater vereinbarten Termine interessierten ihn praktisch überhaupt nicht! Er wusste zwar, dass Papa für die Leistungen seines Sohnes ganz schöne Summen zu verlangen wusste, aber mit Geld und all dem Drumherum hatte Vincent sich noch nie wirklich beschäftigt: er war ein Junge von sechzehn Jahren und seine Interessen entsprachen eben denen aller gleichaltrigen Burschen in seinem Umfeld!

Es war ein Dienstagmorgen. Vincent war nach einer furchtbar unruhigen Nacht aufgewacht und sofort war ihm klar: sein *BOING* meldete sich und er war überzeugt: sie würden die Reise in dieses Sultanat mit Sicherheit schon morgen antreten! Emil verständigte den Kontaktmann im Palast, der Jet landete am nächsten Morgen in Wien-Schwechat und sechs Stunden später landete die Familie Kopp auf dem Flughafen der Hauptstadt des Sultanats! Alles war hier purer Luxus: mit einem Luxuswagen wurden sie abgeholt, in ein Luxushotel gebracht, und die beiden Luxus-Suiten, die man ihnen zuwies, stellten natürlich alles an Vorstellungen, die die Familie von Gediegenheit hatte, in den Schatten!

95

Aber allzu lange konnte man sich an den herrlichen Blumengestecken, an den prachtvollen Orient-Teppichen, der riesigen Schüssel mit exotischen Früchten und anderen Annehmlichkeiten nicht erfreuen: es wurde ihnen mitgeteilt, dass der Wagen, der Vincent in den Palast des Sultans bringen würde, unten bereits wartete! Und für Sigrid und Leon war ein riesiger Luxuswagen mit Deutsch sprechendem Chauffeur für eine zwischenzeitliche Stadtrundfahrt reserviert worden!

Emil und Vincent trafen im Palast des Sultans ein. Beinahe stockte beiden der Atem über diesen unglaublichen Prunk, der hier herrschte! Und was Emil besonders auffiel: so viel Mann an Sicherheitspersonal hatte er weder irgendwo persönlich, noch in einem Film gesehen! Dies allerdings war eine in allen Sultanaten und allen Scheichtümern übliche Sicherheitsmaßnahme: nie wusste der jeweilige Herrscher des Landes, wann, wer, wie und wo man versuchen könnte, ihn und seine Familie durch eine Revolte abzusetzen!

Im Empfangs-Saal des Palastes stellt sich nun der Dolmetscher, ein gewisser Nuri Arabah, vor: er war sehr groß, sicherlich nicht unter ein Meter neunzig und hatte einen sichtlich durchtrainierten Körper. Seine vollen, schwarzen und glatt nach hinten gekämmten glänzenden Haare waren ein echter Blickfang! Seine großen, wunderschönen schwarzen Augen durchbohrten sein Gegenüber förmlich und deshalb war er im Vorfeld eines Besuches als prüfender Vertrauter des Sultans auch erwählt worden! Arabah hatte immer ein Lächeln auf den Lippen, eigentlich war er ja doch eine äußerst sympathische Erschei-

96

nung! Er trug eine dunkelblaue lose Kaftanrobe mit Rundhalsausschnitt von edler Qualität und um den Hals eine bis auf die Brust reichende schwere goldene Halskette mit einem wunderschönen Medaillon von gleichem Material, in welches die Szene eines kämpfenden Kriegers getrieben war!

„Guten Tag!" begrüßte er die beiden Gäste mit seiner voll klingenden, samtigen Stimme lächelnd „Wenn Sie einverstanden sind, bringe ich Sie nun zum Sultan, ja?"

Natürlich waren Emil und Vincent einverstanden: was sonst wäre ihnen denn übriggeblieben?

Arabah führte sie nun durch lange und mit kostbarstem Interieur ausgestattete Flure bis hin zum Gemach des Sultans. Von innen wurde jetzt die große Doppeltüre geöffnet, beide traten ein und blieben überrascht stehen: sie waren geblendet von diesen mit vielen an den Wänden vergoldeten Ornamenten! In der Mitte des riesigen Raumes saß auf einem thronähnlichen Stuhl eine zusammengesunkene Gestalt in landesüblichem weißen Kaftan. Der Mann, und es dürfte sich um den erkrankten Herrscher handeln, sah auf, blickte die beiden mit seinen unter buschigen Augenbrauen tief in den Höhlen liegenden dunklen Augen lange an, hob seinen linken Arm und winkte die beiden zu sich her! Sie traten heran, immer den Dolmetscher an ihrer Seite und Vincent fühlte plötzlich diese ihm bereits wohlbekannte, unheimliche Kraft, die ihn vorwärts drängte! Der Kranke war wieder in sich zusam-

97

mengesunken, sein Kopf war auf die Brust herabgesunken und er atmete sichtlich schwer!

„Wir wissen nicht, was er wirklich hat, wie schwer krank er wirklich ist und was wir für ihn noch tun können!" flüsterte jetzt Arabah zu Vincent. Dieser war nun einige weitere Schritte an den Thron herangetreten, aber sofort wurden links und rechts zwei große Türen geöffnet und je zwei schwerbewaffnete Sicherheitsleute standen, mit ihren Gewehren im Anschlag bereit, um ihren Herrn verteidigen zu können! Gleich jedoch winkte Arabah ab und die Wachen zogen sich lautlos wieder zurück.

„Sie müssen mich vorab informieren, junger Mann, wenn Sie an unseren Herrn herantreten möchten: dies ist eigentlich niemandem erlaubt, außer seinem Leibarzt!"

„Aber ich muss ihn…berühren können, anders nämlich…wirkt meine Kraft nicht!" antwortete Vincent, ebenfalls flüsternd!

Arabah nickte jetzt, Vincent trat links neben den Sultan an diesen heran und betrachtete einige Sekunden lang den Kranken. Dieser saß jetzt rechts neben ihm, Vincent beugte sich nun etwas zum Herrscher hin und nahm dessen Kopf behutsam in beide Hände. Er spürte, wie seine Kraft zu wirken begann, schloss die Augen und versetzte sich ganz in den Kranken hinein! Nur eine halbe Minute dauerte Vincents Behandlung, dann nahm er seine Hände zurück, drehte sich zu Arabah hin und instruierte ihn, wieder mit leiser Stimme:

„Lassen sie ihn einfach schlafen! Vielleicht dauert…das noch ein, zwei Stunden! Aber danach wird Ihr Herr wieder…gesund sein, ok?" Er ging

98

einige Schritte auf seinen Vater zu, hielt plötzlich an, drehte sich nochmals zu Arabah hin und sagte eindringlich: „Und jetzt hören Sie bitte genau zu: niemand, auch nicht…sein Leibarzt, darf jetzt für die Zeit des Schlafens zu ihm und danach schon gar nicht irgendeine…Behandlung an ihm vornehmen! Der Sultan wird dann nämlich gesund sein und…jeder Arzt wäre dann völlig überflüssig, ist das klar?"

Arabah starrte Vincent an, als wäre er ein fremdes Wesen aus einer anderen Welt!

„Nun?" mahnte Vincent nochmals ein „Ist alles klar? Sie…sind verantwortlich dafür, dass Ihr Herr jetzt wirklich seine…Ruhe haben wird!"

Jetzt war Arabah aus seiner Erstarrung erwacht, nickte heftig und führte Emil und Vincent wieder in den Hof des Palastes, wo ihr Wagen wartete! Das Personal hielt ihnen die Wagentüren auf und Arabah sagte:

„Unser Herr und auch wir alle danken Ihnen für Ihre Hilfe! Natürlich müssen wir noch abwarten, ob Ihre Behandlung auch wirklich gewirkt hat, ja? Wenn alles in Ordnung ist, fliegen Sie morgen, wann es Ihnen passt, zurück nach Österreich!"

Zwischenzeitlich waren Sigrid und Leon von ihrer Stadtrundfahrt zurückgekehrt und erzählten voller Begeisterung, was sie alles sehen durften! Jetzt gingen die vier hinunter in die Brasserie und nahmen eine kleine Jause zu sich. Es war so gegen 17 Uhr, als an ihre Türe geklopft wurde und der Lakai, der Emil und Vincent am Vormittag in den Palast begleitet hatte, stand da und rief mit großen Augen freudig:

99

„Unser Herr ist gesund! Er ist wirklich ganz, ganz gesund, Herr Kopp! Wie hat Ihr Herr Sohn das nur zuwege gebracht? Der ganze Palast ist in Aufruhr über diese Behandlung! Und… und…" Er brach ab, vor lauter Begeisterung hatte er den Faden verloren, fand sich jedoch gleich wieder: „Und heute Abend gibt Sultan Arif al Sharah Ihnen zu Ehren ein Dinner! Sie werden um 20 Uhr abgeholt!"

Er brauchte keine Bestätigung, kein Danke oder sonst einen zustimmenden Kommentar: eine Einladung des Sultans lehnte niemand ab! Schon war er wieder weg und Emil wandte sich seiner Familie zu, die völlig überrascht in der großen, lachsrosafarbenen Sitzgarnitur saß! Als erste hatte Sigrid sich gefangen und meinte ängstlich:

„Aber…aber was soll ich denn zu so einem Festmahl mit dem Sultan anziehen? Darauf bin ich doch überhaupt nicht vorbereitet!"

Emil wollte etwas Beruhigendes sagen, im gleichen Moment aber wurde an der Türe geklopft, Emil öffnete und draußen stand ein Hotelpage, der ihm einen Briefumschlag aushändigte! Emil dankte und schloss die Türe. Dann nahm er neben Sigrid Platz, öffnete den Umschlag und… das konnte man doch nicht glauben! Was er da in Händen hielt? Es waren, in englischer Schrift verfasst, zwei Briefe, sowohl an die Damen-Boutique *Adriana* als auch an die Herren-Boutique *Gustave*, in welchen diese Boutiquen angewiesen wurden, der Familie Kopp alle Wünsche, die sie hinsichtlich Einkleidung vorbringen wür-

100

den, sofort und noch bis 19 Uhr 30 zu erfüllen!
Sigrid schüttelte vollkommen perplex ihren Kopf:
    „Aber, es ist jetzt 17 Uhr, Emil! Wie sollen
die Leute in der Boutique das schaffen, wenn ein
Kleid geändert werden muss? Oder die Herren-
Anzüge für euch?"
    Das Telefon klingelte und Emil hob ab.
Eine freundliche Frauenstimme meldete sich und
informierte ihn:
    „Guten Tag, Herr Kopp! Unten wartet Ihr
Chauffeur, die Sie und ihre Familie zu den Boutiquen bringen wird! Danke und einen schönen
Tag noch!"
    Es war wie im Märchen! Die ganze Familie
wurde komplett neu eingekleidet, beide Boutiquen waren vom Palast bereits angewiesen, dass,
egal was die Gäste bestellen würden, alles rechtzeitig bis zum Abend fertig zu sein hatte!
    Und so wurde die Familie Kopp mit einem
der Royce Rolls´ des Sultans abgeholt, zum
Palast geführt und dort vom bereits vollkommen
gesundeten Sultan herzlich begrüßt!
    Und was an diesem Abend serviert wurde,
das spottete jeglicher Beschreibung! Kein einziges der dargebotenen, auf goldenen Platten präsentierten Gerichte kannten die Kopps! Man
schlemmte bis zum Umfallen und es wurde ein
wunderschöner, herzlicher Abend! Einzig und
allein Vincent konnte das alles nicht wirklich genießen: er wusste zwar, dass er dieser Einladung
folgen musste, aber er war müde, todmüde! Und
als er meinte, es nicht mehr durchstehen zu können, bat er seine Mami, sich ins Hotel fahren zu
lassen! So geschah es auch und als Sigrid nach

ihrer Rückkehr ins Hotel sich über den tief schlafenden Vincent beugte, erschrak sie doch: wieder waren diese vielen, kleinen Fältchen zu sehen, heute jedoch auch schon über seine Wangen bis hinunter zum Kinn laufend! Und sein Kopfhaar war jetzt mehr mit weißen Strähnen durchzogen! Nun lagen sie nebeneinander im Himmelsbett, Sigrid und Emil. Im Nebenzimmer schliefen tief und fest die beiden Buben und man konnte getrost in normaler Lautstärke sprechen:

„Schatz," meinte Sigrid vorsichtig „wir müssen mehr Rücksicht auf Vincent nehmen! Er gefällt mir überhaupt nicht: siehst du nicht diese vielen, kleinen Fältchen auf seinem Gesicht und an seinem Hals? Das ist doch völlig abnormal bei einem 16-jährigen Jungen, Emil!"

Und wieder war Emil in der Bredouille! Das war schrecklich für ihn: hatte ihm doch heute Abend am Tisch einer der Brüder des geheilten Sultans unauffällig gefragt, ob Vincent nicht auch gleich seinen durch einen schweren Moped-Unfall leider blind gewordenen Sohn heilen könne? Wenn sie denn schon hier wären? Geld würde keine Rolle spielen, aber wenn Emils Sohn solche Wundertaten vollbringen könne, wie sollte er dann nicht auch einen jungen, blinden Menschen sehend machen können?

„Ja, mein Schatz!" antwortete er seiner Frau „Ich hatte dir ja versprochen, sofort aufzuhören mit diesen Terminen, wenn es unserem Sohn durch diese belastenden Heilungen eines Tages schlecht gehen sollte! Das ist richtig! Und ich werde dies auch tun, wenn du es so willst! Aber

102

höre, was mir heute ein Bruder des Sultans angetragen hatte…"

Und er erzählte ihr von der Anfrage. Sigrid schwieg kopfschüttelnd! Für Emil war diese Chance einfach zu groß, dass er vielleicht absagen hätte können!

„Liebes!" drang er in sie „Bitte! Vincent soll noch einmal seine Kraft ausspielen und dann ist ein für alle Mal Schluss damit, versprochen! Ok? Wenn wir diese Gelegenheit nutzen, gibt es eine weitere Million an Honorar und damit müssen wir uns um unsere finanzielle Zukunft null Sorgen machen!" Er blickte sie bittend an und setzte hinzu: „Und unser Junge hat dann viel, viel Zeit, um sich von diesen anstrengenden Heilungen vollkommen zu erholen, ok?"

Sigrid wollte darauf nicht antworten. Sie drehte sich zur Seite und die Angelegenheit war für sie vorerst erledigt! Sie hatte sich geschworen, ihre ganze Kraft erst dann einzusetzen, wenn sie wieder zu Hause wären: denn hier, in diesem kulturell völlig anders gelagerten Sultanat würde sie mit Sicherheit keinen Streit anfangen!

Emil hatte am nächsten Vormittag mit den Abgesandten des Schwagers des Sultans die Uhrzeit für die Abholung Vincents vereinbart. Pünktlich auf die Minuten holte der Chauffeur mit dem riesigen Luxuswagen Emil und Vincent ab und man fuhr zum Hafen hinunter. Dort wartete ein großes, schnittiges Motorboot. Bevor Emil und Vincent jedoch auf das Boot gehen durften, mussten sie überraschenderweise ihre Handys abgeben! Auf Emils Frage, wieso denn dies notwendig wäre, wurde ihm beschieden, dass es aus

Sicherheitsgründen streng verboten sei, sich dem Sultan mit einem elektronischen Gerät zu nähern!

Dann bestiegen sie das Boot und wurden zu der weiter draußen ankernden Yacht des Sultans gebracht. Nachdem sie auf die riesige, mindestens 120 m lange Yacht umgestiegen waren, wurden sie gleich in den Salon geführt. Dort wurden sie mit kühlen Getränken freundlich empfangen und auch Nuri Arabah, ihr gestriger Dolmetscher, der sie anlässlich Vincents Besuch beim Sultan des Landes begleitet hatte, war an-wesend!

„Guten Morgen!" grüßte er sie lächelnd „Wir alle sind so glücklich, dass Sie unserem Herrn, Sultan Karim el Hassal, helfen wollen! Er ist bereits in einem sehr, sehr schlechten Zustand: er wiegt nur mehr knapp 42 Kilogramm, das ist wohl die Folge seiner schon weit fortgeschrittenen Darmkrebs-Erkrankung!"

Vincent blickt Arabah erstaunt aun:

„Pardon, Herr Arabah! Aber…sollte ich denn heute nicht des Sultans Sohn, der sein …Augenlicht verloren hatte, behandeln?"

Arabah blickt Vincent mit ausdrucksloser Miene an:

„Leider Vincent! Leider hat sich etwas geändert in unseren Plänen: Sultan Karim el Hassal, der Bruder unseres Sultans, hat gar nicht mehr viel Zeit und das erfordert umgehendes Handeln!"

Vincent nickte nur, ihm war bei Gott nicht gut, aber er riss sich zusammen: Sultan oder irgendein Sohn eines dieser Herrscher, das interessierte ihn nicht! Wusste er doch, dass sie

104

gleich nach der Behandlung des Kranken zum Flughafen gebracht werden sollten!

„Können wir...können wir jetzt zu dem Kranken?" fragte er, sichtlich ermattet.

Der Dolmetscher beriet sich mit einem Lakaien, dieser nickte leicht und Vincent wurde aufgefordert, dem Lakaien zu folgen. Emil musste im Salon warten. Man führte Vincent einige Gänge weit, dann zwei Stockwerke hinunter und Vincent fragte sich trotz seines schlechten Zustandes, wie man sich solch einen unglaublichen Luxus leisten konnte? Die Stiegen waren mit den kostbarsten Teppichen ausgelegt, alle Geländer waren aus purem Gold, teuerste Kristall-Lüster waren sowohl in den Fluren als auch in den Räumlichkeiten, die sie passierten, montiert! Es roch überall nach Weihrauch und nach Sandelholz und dem armen Vincent wurde noch schwindliger, als ihm sowieso schon war!

Endlich waren sie an der Türe, die zum Salon des Kranken führte, angelangt. Der Lakai klopfte leise an, eine Stimme forderte sie auf, einzutreten! Als Vincent die ersten Schritte in den Raum getan hatte, konnte er es kaum fassen: hier konnte niemand glauben, auf einer Yacht zu sein: In jeder Luxus-Suite irgendeines Hotels in der Welt würde es ebenso ausgesehen haben, wie hier auf dieser Yacht! Der einzige Unterschied zu so einer Suite war, meinte Vincent, dass man dort sicherlich kein Krankenbett an ein Fenster gestellt hätte! Vincent blickte den Dolmetscher fragend an, dieser nickte und der Junge trat an das Bett des Kranken. Der öffnete nun seine Augen, blickte Vincent müde an und versuchte ein Lä-

105

cheln zustande zu bringen! Aber daraus wurde nur eine erbarmungswürdige Fratze!

Vincent wandte sich nun um und ersuchte den Lakaien und den Dolmetscher, den Raum zu verlassen! Es gab einen kurzen Blickwechsel zwischen den beiden Dienern, dann verließen die beiden Männer zögernd den Raum und die Türe wurde leise von außen geschlossen!

Vincent wandte sich nun dem Kranken zu. Er lächelte ihn an, hob die Arme und sagte leise:

„Ich weiß ja nicht, Herr el Hassal, ob...Sie mich verstehen können! Aber das brauchen Sie ja sowieso...nicht, denn wir werden mit der Behandlung gleich fertig sein!"

Schon spürte er diese unbändige, unheimliche Kraft, die ihn zur Heilung drängte! Eben wollte er sich auf den Rand des Bettes setzen, als der Kranke plötzlich mit zwar schwacher Stimme, aber doch klar und deutlich sagte:

„Und wie möchtest du das schaffen, du kleiner Bengel, he? Alles, was hunderte der besten Ärzte der Welt nicht zuwege bringen konnten, das willst du schaffen?"

Vincent war perplex! Er riss fragend die Augen auf, schüttelte den Kopf und fragte:

„Aber...woher sprechen Sie denn so ausgezeichnet Deutsch?"

Der Sultan versuchte wieder ein Lächeln und erneut misslang es ihm gänzlich!

„Ich war doch über zehn Jahre lang in Linz dort, auf eurer Universität! Das war wirklich eine schöne..." er bekam einen Hustenanfall und sein Körper bäumte sich unter großen Schmerzen auf! Vincent setzte sich nun auf den Bettrand und

106

legte seine Linke beruhigend auf des Sultans Schulter! Sofort ließ der Hustenreiz nach und el Hassal ließ sich langsam auf seinen Polster zurückfallen! So lag er nun da, unfähig zu sprechen, aber das war Vincent ja nur recht! Er ersuchte den Kranken, sein Hemd hochzuziehen, sodass der Bauch frei lag! El Hassal lag mit geschlossenen Augen da, atmete flach und kraftlos! Vincent legte seine beiden, durch diese übernatürliche Kraft geführten Hände flach auf den Nabelbereich des Kranken! So beließ er die Hände etwa eine ganze Minute, hielt seine Augen geschlossen und sog langsam, aber mit ständiger Kraft, die Krankheit aus dem Körper des Sultans heraus!

Der schrecklich schlechte Zustand des Kranken ließ Vincent seine Hände eine weitere Minute dort ruhen lassen! Dann spürte er, dass die Heilung vollendet war und nahm die Hände weg. Dann atmete er einmal ganz tief ein und aus, stand auf und sah, dass der Sultan bereits eingeschlafen war und in langen, ruhigen Zügen tief atmete! Er erhob sich vorsichtig, um den Mann nicht zu wecken und verließ den Raum!

„Der Sultan," informierte er danach den vor der Türe unruhig wartenden Dolmetscher „schläft jetzt…ganz fest, wecken Sie ihn unter keinen Umständen! Und was ich noch sagen muss…" er sah den Dolmetscher direkt an „unter keinen Umständen…darf jetzt ein Arzt an ihn…heran, das wissen Sie ja schon seit gestern, nicht?"

Nuri Arabah nickte sofort heftig und informierte den anwesenden Lakaien! Danach begaben sie sich an Deck, wo Emil in einer gemütlichen weißen Ledergarnitur bei einem *Daiquiri* wartete.

107

Sie wurden mit dem Zubringerboot zurück zum Hafen und daraufhin mit der Limousine wieder zurück ins Hotel gebracht. Dort warteten Sigrid und Leon bereits mit den bereits fertig gepackten Koffern in der Halle! Vincent war während der Fahrt im Auto eingeschlafen und als Emil ihn sanft weckte, war er total benommen!

„Wir fahren sofort zum Flughafen, Schatz!" flüsterte Sigrid mit resolutem Ton in ihrer Stimme Emil zu „Sieh dir unseren Jungen an: er ist doch vollkommen fertig! Und bevor diesen Brüdern hier noch einige ihrer Anverwandten einfallen, denen Vincent helfen soll, möchte ich bereits im Flieger sitzen, ja?"

Aber es kam ganz anders, als die Familie Kopp sich das alles vorgestellt hatte: Sigrid wollte es Emil nicht mitteilen, denn ihr war schon alles egal, sie wollte nur mehr weg aus diesem Land! Auch ihr und ihrem Sohn Leon waren ihre Handys abgenommen worden! Und zwar mit der eigenartigen Begründung, dass wegen eines möglichen Putschversuches im ganzen Land alle Handys konfisziert worden waren! Und natürlich würden diese der Familie noch vor ihrem Abflug nach Europa wieder ausgehändigt!

Und aus der von Sigrid sehnlichst erwarteten Heimreise wurde nichts! Nachdem Nuri Arabah ein Anruf aus dem Palast des Sultans erreicht hatte, wandte er sich der Familie zu und informierte sie dahingehend, dass sie leider noch zwei Tage bleiben müssten: es wären leider noch zwei weitere Behandlungen erforderlich! Sigrid war wie vor den Kopf geschlagen! Sie hatte sich und ihre Familie bereits in der Maschine nach

Wien gesehen und wollte von einem weiteren Verbleib in diesem Land nichts wissen!

Sie erhob sich, sah Arabah mit drohendem Blick an und sagte mit bebender Stimme leise, um in der Halle mit den vielen Touristen nicht aufzufallen:

„Hören Sie jetzt bitte zu, Herr Arabah! Wir hatten vereinbart, dass unser Sohn Ihren Sultan heilen sollte, das hat er getan! Dann hatten Sie uns überraschend gebeten, eine weitere Behandlung durchzuführen und auch dieser Bitte sind wir nachgekommen! Aber Sie sollen wissen, dass diese Behandlungen eine große, eine schwere Belastung für unseren Sohn bedeuten! Seine eigene Gesundheit leidet schrecklich mit jeder Heilung, die er durchführt. Und jetzt, Herr Arabah, jetzt ist Schluss mit Behandlungen, ja? Wir wollen sofort abreisen, egal, wer von Ihren Familien krank ist oder nicht! Ich werde meinen Sohn nicht mehr weiter und leichtsinnig Ihren sonderbaren Wünschen opfern, ist das jetzt klar?"

Emil war ob Sigrids forschem Ton entsetzt, Leon verstand nichts mehr, Vincent war zu müde, um das alles mitzubekommen und Arabah stand unbeweglich wie ein unüberwindbares Bollwerk vor Sigrid! Sein sonst so freundliches Lächeln war aus seinem Gesicht verschwunden, seine wunderschönen Augen waren nicht mehr wunderschön, sie waren eiskalt geworden! Jetzt beugte er sich hinunter zu Sigrid und antwortete leise:

„Meine liebe Frau Kopp! Ich ersuche Sie inständig, jetzt nicht die Nerven zu verlieren: wir haben vollstes Verständnis für Ihre Sorge um die Gesundheit Ihres Sohnes, aber Sie sollten auch

109

etwas Verständnis dafür aufbringen, in welcher Situation wir uns hier befinden: hier haben wir die schwerst kranke Schwiegertochter des Sultans und einen jungen Menschen, der sein Augenlicht verloren hatte! Und da haben wir ein Wunderkind mit göttlichen Heilkräften! Also, was folgern Sie daraus? Ganz einfach, Frau Kopp: Sie und Ihre Familie werden hierbleiben, Ihr Sohn wird diese beiden Fälle erledigen und sofort danach fliegen Sie in ihre Heimat zurück! Und..." meinte er noch nach einer sekundenlangen Pause: "...so wird es laufen, Frau Kopp, einen anderen Weg zurück in Ihre Heimat gibt es für Sie leider nicht! Ihre Reisepässe, die Sie bei Ihrer Ankunft bei der Rezeption abgegeben hatten, werden Ihnen ausgefolgt, wenn unser Sultan Ihre Abreise freigegeben hat!"

Arabah wartete eine Antwort von Sigrid nicht ab. Er wandte sich ab, ging hinüber zur Rezeption und sprach dort kurz mit den Angestellten. Dann verließ er das Hotel und ließ die Familie Kopp vollkommen paralysiert in der Halle zurück!

„Was...was machen wir jetzt, Schatz?" fragte Sigrid ihren Mann. Dieser setzte sich in einen der ausladenden Fauteuils, stützte sein Kinn in die Hand und starrte wortlos ins Leere. Vincent hatte von dem Diskurs überhaupt nichts mitbekommen und war wieder leicht eingenickt! Plötzlich stand ein Lakai neben ihnen, packte die Koffer auf ein Transport-Wägelchen und deutete mit einer Handbewegung, ihm zu folgen. Gleich darauf hatten sie wieder ihre Suiten bezogen!

110

Vincent hatte sich sofort wieder ins Bett gegeben, Leon hatte den Fernseher eingeschaltet und sah sich einen Trickfilm an. Sigrid und Emil saßen nun nebeneinander in der großen, gemütlichen Sitzgarnitur und überdachten die Lage nochmals. Aber so viel sie auch überlegten, welche diffizilen Möglichkeiten einer Abreise sie auch durchdachten: sie wussten, dass es kein Entrinnen aus dieser höchst belastenden Situation gab!

Das Telefon läutete und Emil hob ab. Es war Arabah und seine Stimme klang ebenso freundlich wie an ihrem Anreisetag!

„Einen schönen Tag, Herr Kopp! Wir werden Sie und Vincent morgen früh um 9 Uhr abholen. Es geht nach Norden, etwa eine halbe Stunde Autofahrt. Dort werden wir im Haus eines Schwagers des Sultans dessen zwölfjährigen Sohn antreffen. Er hat durch einen schweren Mopedunfall sein Augenlicht eingebüßt! Niemand konnte bis dato helfen und wir hoffen, dass Ihr Sohn Vincent diese Kraft hat, ihn zu heilen! Also, dann bis morgen!"

Grußlos legte er auf. Emil hielt noch einige Sekunden den Hörer in der Hand und ließ ihn dann langsam auf die Gabel gleiten.

„Und?" fragte Sigrid besorgt und gleichzeitig voll mit Sarkasmus „Wer ist denn wieder zu heilen hier, in diesem goldenen Käfig?"

Emil erklärte es ihr und Sigrid meinte:

„Wir wollen Vincent schlafen lassen, so lange es sein Körper verlangt! Es muss zu einhundert Prozent ausgeruht sein, wenn er morgen dorthin fährt!"

111

Spätnachts erst konnte Sigrid einschlafen! *Wie,* fragte sie sich schon das tausendste Mal, *wie konnte ich nur so leichtsinnig gewesen sein und Emil diese Reise genehmigen? Mit ein wenig Überlegung hätte ich doch zu dem Schluss kommen können, dass wir uns in solchen Ländern mit Haut und Haar dem jeweiligen System ausliefern würden! Ich werde,* kam sie zu dem Schluss, *sollten wir dieses verdammte Abenteuer hier heil überstehen, unseren Vincent nie wieder einer Heilung aussetzen! Da kann sich Emil überschlagen, er kann ausrasten oder sich vom Felsen stürzen: aber Vincent wird sich das nie wieder antun müssen!*

Um am nächsten Morgen, fuhr Arabah pünktlich in einer Limousine vor dem Hotel vor. Emil und Vincent stiegen ein und nach einer halben Stunde Fahrtzeit gelangten sie an eine herrschaftliche Villa in einem riesigen, prachtvollen Park. Sofort wurden sie hinauf in den ersten Stock geführt, wo in einem zwar großen, jedoch einfach eingerichteten Raum der erblindete Sohn in einem Himmelbett lag. Arabah kannte bereits die Zeremonie: er führte Vincent an das Bett des Jungen heran und verließ mit dem Lakaien den Raum, somit war Vincent mit dem Buben alleine.

Vincent betrachtete den Jungen lange und eingehend! Das eingefallene Gesicht, die tiefliegenden, geschlossenen Augen sagten ihm schon genug! Dieser Schicksalsschlag musste diesem jungen Menschen enorm zugesetzt haben! Nun trat Vincent an das Bett heran und setzte sich auf den von ihm aus gesehenen linken Bettrand.

Noch eine Weile betrachtete er den Jungen und dachte: *Was hast du wohl von deinem Milliarden-Erbe, wenn du blind bist? Du mit deinem unermesslichen Reichtum kannst nichts anderes anfangen, als zu hoffen, dass irgend ein Wunder dich vielleicht doch gesund machen kann!* Jetzt tastete er mit den Händen vorsichtig die Augenpartie ab und beließ seine Hände, übereinander gelegt, dort. Und wieder spürte er, wie ein wunderlicher Sog seine Hände umspann, wie diese Krankheit in ihn überging und wie der Kranke plötzlich ruhiger und tiefer atmen konnte! Vincent blieb in dieser Stellung, so lange, bis er spürte, dass ein weiteres Verbleiben nichts mehr bringen konnte! Dann erhob er sich und sah, dass sich die Brust des Jungen mit kräftigem Atem hob und senkte!

Er verließ leise den Raum und wollte, wie schon bei den anderen Geheilten zuvor, den Lakaien über die weiteren Schritte informieren, Arabah jedoch unterbrach ihn gleich lächelnd:

„Ist schon in Ordnung, Herr Vincent, ist schon ok! Ich weiß ja bereits Bescheid und habe die Leute in Ihrem Sinne instruiert, ok?"

Vincent nickte und man begab sich wieder hinunter zum Wagen. Vincent meinte beinahe, es nicht mehr schaffen zu können! Aber mit letzter Kraft kroch er in den geräumigen Wagen, ließ sich in den Sitz fallen und war sofort eingeschlafen! Und so gehorsam und gefolgstreu Arabah seinem Herrn auch war, als er diesen schlafenden Wunderknaben neben sich jetzt eingehend betrachtete, erfasst ihn plötzlich Mitleid, ja, richtiges Mitgefühl mit dessen Eltern!

Wird der Junge den morgigen Termin überhaupt noch wahrnehmen können? fragte er sich im Stillen und als er Vincent nun genauer betrachtete, fielen auch ihm diese feinen, silbrigen Strähnen in dessen Haar auf! Nuri Arabah hatte natürlich keine Ahnung, woher diese eigentlich einem höheren Alter zuzuordnenden Streifen kamen! Aber er dachte nicht länger darüber nach, lehnte sich zurück, bereits in Gedanken bei dem für morgen vereinbarten Termin: diesem letzten Termin, der einer Schwiegertochter des Sultans, die an fortgeschrittenem Gebärmutterhals-Krebs litt und von den Ärzten bereits aufgegeben worden war, Vincents wundersame Heilung zukommen sollte!

Als sie vor dem Hotel angekommen waren, war Vincent nicht mehr in der Lage, selbst aus dem Wagen steigen zu können! Ein Lakai hob ihn heraus und trug ihn auf seinen Armen durch die Halle, hin zum Lift, hinauf in die Fürstenetage und hin bis zur Suite der Familie Kopp! Mit dem Fuß klopfte er an, Sigrid öffnete und fiel, als sie ihren Sohn in den Armen des Lakaien erkannte, beinahe in Ohnmacht! Vincent wurde direkt ins Schlafzimmer gebracht, dort von Sigrid ausgezogen und er sollte schlafen, schlafen und wieder schlafen!

Und Sigrid war es erneut aufgefallen: die vielen Fältchen in Vincents Gesicht und dazu noch diese vielen, silbrig schimmernden Haare in seinem dunklen Haarschopf! Sie war verzweifelt! Woher kamen diese schrecklich vielen, kleinen Fältchen? Und wieso wuchsen ihrem Vincent silbrige Haare?

Es war Mittag geworden und Sigrid, Leon und Emil waren hinuntergegangen, um in der Brasserie eine Kleinigkeit zu sich zu nehmen. Während Emil und Leon mit bestem Appetit aßen, brachte Sigrid vor lauter Sorge um ihren Vincent nur einige Bissen hinunter! Sie wusste, dass oben in ihrer Suite ihr Sohn tief und hoffentlich auch erholsam schlief! Aber trotzdem hielt sie es hier unten einfach nicht länger aus! Emil und Leon blieben noch sitzen, während Sigrid sich schon zum Lift begab! Kaum hatte sie das Restaurant verlassen, blieb ein klein gewachsener, dicker Mann im grauen, westlichen Anzug mit hellblauem Hemd und weinroter Krawatte neben Emils Stuhl stehen. Er trug eine Arzttasche in seiner Rechten, diese stellte er nun auf dem freien Stuhl neben Leon ab, nahm Platz, durchbohrte Emil mit scharfem Blick und meinte mit knarrender Stimme und in akzentfreiem Deutsch:

„Also Sie sind der Vater dieses Wunderbuben, stimmt's?" Er deutete höchst unhöflich mit dem Daumen nach rechts auf Leon und fragte weiter: „Ist er das?"

Emil war nun doch schon einigermaßen abgebrüht, betrachtete den Mann ruhig und fragte höflich:

„Und wer, bitte, will das wissen, mein Herr?"

„Was, was, was denn?" gab der Mann aggressiv zurück „Ist doch egal, oder? Aber eines möchte ICH wissen: wie kommen Sie dazu, hierher zu fliegen und mich in meiner Arbeit zu stören, he? Sie gefährden meine Existenz, ist Ihnen dies eigentlich bewusst?"

115

Damit beugte er sich weit hinüber zu Emil und funkelte ihn mit scharfem Blick an! Dieser bleib ganz ruhig, wusste er doch um einiges mehr als dieser armselige, gierige Arzt! Aber er wollte sich nicht mit dem Mann streiten und gab ihm beschwichtigend Auskunft:

„Jetzt hören Sie bitte ganz genau zu, mein Herr: mein Sohn, der diese Wunderheilungen durchführen kann und meine Familie, wir sind auf Einladung des Sultans hierher geflogen. Unser Sohn hat einige Behandlungen durchgeführt, alle waren erfolgreich, also auch jene, bei denen Sie bzw. Ihre Kollegen schon abgewunken hatten! Und morgen, wenn alles klappt, sitzen wir wieder im Flieger zurück nach Hause und werden..." jetzt unterbrach es sich kurz und dachte nach: *man sollte, solange die ganze Familie nicht im Flugzeug sitzt, keine offiziellen Prognosen abgeben!* „...höchstens als Touristen hierher zurückkommen! Also, haben Sie das alles jetzt mitgekriegt?"

Der Dicke sah Emil mit zusammengekniffenen Augen eine Weile lang an, dann erhob er sich und verließ grußlos die Halle! Emil atmete auf: das hätte noch gefehlt, hier im Hotel einen offiziellen Streit zu beginnen! Er unterschrieb die Rechnung und danach fuhr er mit Leon hinauf in ihre Suite. Dort angekommen fand er Sigrid mit besorgtem Gesicht an Vincents Bett sitzen: sie sah kurz auf, dann erhob sich und sie nahmen beide im Salon Platz. Leon ging wieder fernsehen, er wusste schon, wenn Papa und Mami debattierten, sollten die Kinder nicht dabei sein! Sigrid wartete

116

ein Weile, bis sie ihre Worte wohl gewählt hatte und dann begann sie:

„Du weißt das, Schatz, und ich weiß es auch: die haben uns betrogen, ja ganz gemein betrogen! Und ich kann nur hoffen, dass unser Arabah Wort halten wird: morgen, sollte Vincent diese zugesagte und eigentlich erpresste Behandlung überhaupt durchhalten, fliegen wir zurück! Und dazu sage ich dir noch eines: egal, was sie uns nicht noch alles aufzwingen wollen: Vincent wird danach hier keine weitere Behandlung mehr durchführen, ist das klar?“

Ihre letzten Worten waren leiser, aber nicht minder scharf geworden! Sie starrte ihren Mann an und Emil musste nun, ob er wollte oder nicht, antworten!

„Ich habe dir, Schatz, versprochen, mit den Behandlungen aufzuhören, sobald wir dieses arabische Abenteuer überstanden haben! Vincent wird nicht auf dem Scheiterhaufen der Gier enden!“ Nun rückte er ganz nahe zu Sigrid hin, nahm sie in seine Arme und drückte sie fest: „Ich habe das nicht gewollt, mein Schatz, ich hoffe, du glaubst mir das? Nie wollte ich unsere Familie in eine solche Lage bringen! Jaja, ich hab nur an das viele Geld gedacht! Aber, wie immer im Leben, bezahlt man irgendwann für das, was man fordert, das ist nun einmal so, nicht?“

An der Tür wurde geklopft, Emil öffnete und ein Page überreichte ihm einen weißen, versiegelten Umschlag. Emil riss ihn auf und las Sigrid vor:

Sehr geehrte Familie Kopp! Morgen früh um zehn Uhr wird Ihr Sohn Vincent abgeholt und, wie vereinbart, zur Oase Kabari gefahren. Dort soll er sich um die Tochter des Sultans Abdul Fair kümmern: sie ist 42 und leidet an bereits weit fortgeschrittenem Gebärmutterhals-Krebs! Sie selbst wird nur mehr mit medizinisch-technischen Maschinen am Leben erhalten!

Und, um Sie nun völlig zu beruhigen: nach-dem Ihr Sohn zurückgekehrt sein wird, fahren Sie alle vier mit demselben Wagen direkt zum Flug-hafen, wo Ihr Privat-Jet nach Österreich startklar warten wird!

Für Ihre große Hilfe, für Ihren vorbild-lichen Einsatz und für Ihr Verständnis dankt Ihnen unser Herr, Sultan Arif al Sharah! Er lässt sich für die Unannehmlichkeiten, die man Ihnen bereitet hatte, vielmals entschuldigen und er wünscht Ihnen einen angenehmen Heimflug!

Emil gab das Schreiben an Sigrid weiter. Diese las den Text und ihr Gesicht verzog sich zu einer verzweifelten Grimasse. Aber nach einem kurzen Schulterzucken reichte sie Emil den Brief zurück und meinte dazu:

„Gott soll geben, Schatz, dass unser Junge diesen morgigen Tag noch heil überstehen kann! So wie ich ihn beobachtet habe, ist er nicht mehr so kräftig, wie er bei unserer Ankunft hier war! Und, mein lieber Mann, was werden wir tun, wenn seine Kraft versagt, wenn sein *BOING* wieder verschwunden sein wird? Ich möchte mir gar nicht vorstellen, wie man hier darauf reagie-ren wird!"

Ein merkwürdiges, depressives Gefühl be-schlich Emil, als ihm seine Gattin diese bislang nie diskutierte Möglichkeit vor Augen hielt! Er

118

stand auf und ging hinüber zur Suite der beiden Buben. Auf sein leises Klopfen öffnete ihm Leon. „Wie geht es Vincent?" fragte Emil leise.

„Er schläft jetzt und ich glaube, er ist total ausgepowert!" antwortete Leon ebenso leise „Ich habe Angst, Papa, dass er gar nicht mehr aufwacht, so schwach ist er: ich musste ihm auf das Bett helfen, ihn ausziehen und ihm sogar beim Hinlegen unterstützen!"

Emil wurde ein wenig übel bei dem Gedanken, dass Vincent den Wünschen der Familie des Sultans vielleicht wirklich nicht mehr nachkommen könnte! DAS war sein größtes Problem und nicht die Gesundheit seines Sohnes! Die Unterhaltung mit Sigrid beschränkte sich dann auf die wichtigsten Fragen: die zu den Vorbereitungen für ihren Heimflug, oder ob man in eines der Restaurants gehen oder sich ein Abendessen aufs Zimmer bringen lassen sollte?

Beide, Sigrid und Emil, wachten am nächsten Morgen schon zeitig auf: die Unruhe über den bevorstehenden Besuch bei der todkranken Sultans-Tochter ließ sie nicht ausschlafen! Vincent hatte die ganze Nacht tief durchgeschlafen und war am nächsten Morgen in frischer und bester Verfassung. Emil war dadurch äußerst beunruhigt: war dies ein Zeichen, dass sich Vincents BOING vielleicht verabschiedet hätte?

„Wie fühlst du dich, mein Sohn?" fragte er Vincent beim Frühstück, das sie für alle vier aufs Zimmer bestellt hatten. Vincent lächelte, er war ganz locker und antwortete:

„Bestens, Papa, ich bin tiptop in Ordnung! Was haben wir heute vor?"

119

Emil war entsetzt! Wusste denn Vincent nicht, dass sie einen Behandlungstermin in dieser Oase vereinbart hatten? Aber dann fiel ihm ein, dass Vincent von Arabahs Schreiben ja nichts wissen konnte: er hatte sich doch noch vor dem Erhalt des Briefes in seine Suite verabschiedet!

„Hör mal, Junge!" begann er vorsichtig, Vincent zu informieren „Die haben uns noch einen Termin aufgezwungen: einen, einen einzigen Behandlungstermin haben wir vor unserem Abflug noch durchzuführen! Man holt uns gleich ab, wir werden zu einer krebskranken Tochter des Sultans in eine Oase gebracht, wo du deine Wunderkräfte noch einmal wirken lassen sollst! Denkst du, dass du das noch schaffen wirst?"

Vincent sah überrascht auf und meinte:

„Ich weiß das nicht, Papa, kann ich nicht sagen! Aber so wie ich das fühle, wird das nicht so leicht funktionieren können: mir fehlt einfach dieses eigenartige Gefühl, welches mich immer begleitet, wenn ich meinen *BOING* bekommen habe!"

Sigrid legte ihre Hand behutsam auf Vincents Arm, blickte ihn aufmunternd an und sagte mit flehendem Unterton in der Stimme:

„Du hast die Kraft, Vincent, du hast sie sicherlich noch! Nur mehr diese eine Heilung musst du schaffen können, Junge! Dann sind wir heute Abend zu Hause in Wien! Ich bete für uns alle, dass du das hinkriegen wirst!"

Dabei drückte sie seinen Arm fest, so fest, dass es Vincent direkt schmerzte! Der Junge erkannte, welch drückende Angst und gleichzeitig welche große Hoffnung in diesen Worten lagen!

120

Er versuchte zu lächeln, um seiner Mutter Mut zu machen und setzte hinzu:

„Keine Angst, Mamilein! Das biege ich schon noch hin, ok? Aber jetzt wollen wir uns fertig machen, Papa, die werden gleich da sein!"

Arabah wartet unten mit einem dunkelgrünen, eleganten Bentley, der von einem uralt aussehenden Chauffeur gelenkt wurde. Die Fahrt dauerte eineinhalb Stunden, bis sie an einer mitten in der Wüste gelegenen kleinen Ansiedlung ankamen. Nach weiteren fünf Minuten kamen sie an eine von zwei schwerbewaffneten Soldaten gesicherte Einfahrt. Arabah wechselte einige Worte mit einem der Soldaten, dann setzt der Wagen seine Fahrt fort. Es ging durch den herrlichen Garten des Palastes bis hin zum großen Eingangstor.

Und wieder konnten Vincent und sein Vater sich nicht sattsehen an diesem unglaublichen Luxus, der hier herrschte! Aber im Gegensatz zu ihrem ersten Besuch in solch einem Palast vor einigen Tagen konnte Vincent sich nicht an der betäubenden Blütenpracht, an den schweren Orient-Teppichen, an den unglaublich schönen Maserungen in den Marmorwänden oder an den kunstvoll gearbeiteten Butzenscheiben begeistern! Er wusste, gleich würde er herausfinden müssen, wie und ob überhaupt sein *BOING* noch funktionieren würde!

Arabah und sie beide wurden durch den Palast bis an eine große, mit Gold-Ornamenten verzierte Türe geführt. Der Lakai klopfte und eine Krankenschwester öffnete. Sie grüßte mit leiser Stimme und ließ die Herren ein. Die todkranke

Frau lag zwischen lebenserhaltenden Maschinen auf einem Spezialbett, jede Menge Schläuche gingen von ihr weg, verliefen sich in diesen Maschinen, kamen gereinigt, behandelt oder gefüllt wieder zu ihr zurück und versorgten den todgeweihten Körper!

Vincent verspürte nichts. Gar nichts! Er stand wie paralysiert vor dem Bett, betrachtete nur die Kranke und wartete. Wartete auf diese unheimliche, führende Kraft, die ihm immer an die Kranken unwiderstehlich herangeschoben, die ihm jedes Mal seine heilenden Hände geleitet hatte! Und die seinen Geist in die Körper der Kranken einsickern ließ! Aber was Vincent so furchtbar schmerzte, war dieser traurige, bittende Blick, mit dem die kranke Frau ihn anstarrte! Was hatte man ihr versprochen? Alles, was noch an Leben in diesem gemarterten Körper war, fand sich in diesem Blick wieder und Vincent meinte, in den nächsten Sekunden sterben zu müssen!

Vincent schwieg, Arabah schwieg und Emil wurde übel vor Angst! Aber Vincent hatte sich entschlossen, zu kämpfen: wenn auch nur ein Jota von dieser unheimlichen Kraft in seinem Körper verbleiben wäre, wenn er sich mit all seinem jungen Willen darauf konzentrieren könnte, diese letzte Kraft zu aktivieren, dann könnte er es vielleicht doch schaffen! Aber keinen Gedanken verschwendete Vincent auf den Tatbestand, dass er und seine Familie, sollte seine Heilung hier klappen, noch heute Abend zurück in Österreich sein könnten!

Jetzt trat er an das Fußende des Bettes heran und bedeutete, ohne sich umzudrehen, seinem

Vater und Arabah, den Raum zu verlassen! Die beiden Männer entfernten sich leise und schlossen geräuschlos die Türe hinter sich. Vincent blieb am Fußende stehen und schloss die Augen. In Gedanken suchte er eine Landestelle für seine geplante Heilung, er dachte über ein schwaches, bereits nicht mehr selbsttätig schlagendes Herz nach und holte in Gedanken die letzten so wunderbar verlaufenden Heilungen nach! All dies tat er, um irgendeinen kläglichen Rest seiner Wunderkraft aktivieren zu können!

Und mit einem Mal begannen seine Hände leicht zu vibrieren, er spürte die unglaubliche Kälte in seinen Kopf hochsteigen und sein Pulsschlag begann zu rasen! Und die ihm bereits bestens bekannte überirdische Kraft hatte von seinem Körper Besitz ergriffen! Jetzt war er überzeugt: diese letzte Heilung würde erfolgreich verlaufen!

Er trat nun an die rechte Seite des Bettes, setzte sich auf den Bettrand und sprach die Frau leise an:

„Wir beide, meine liebe Frau, wir…beide werden den Tod besiegen, ok? Ich…werde nun Ihren Oberkörper freimachen, um an Ihre unbedeckte…Brust zu kommen!"

Die Kranke starrte ihn noch immer mit dem selben, furchtbar traurigen Blick an, aber Vincent achtete nicht darauf! Jetzt hob er die Decke unter dem Kinn der Kranken hoch und schob sie langsam nach unten. So weit, bis die Brust mit dem darunterliegenden Herz frei zugänglich war. Dann fuhr er behutsam unter einigen über der Brust verlaufenden Versorgungsschläuchen durch

123

und legte zuerst seine linke Hand unter der Brust über dem Magen auf. Er schloss die Augen und verhielt in dieser Position eine ganze Minute. Sodann legte er seine rechte Hand auf den Unterbauch der Frau und verharrte wiederum zirka eine Minute.

Jetzt spürte Vincent plötzlich, wie alles in ihm abfiel, sein Kopf wurde wieder warm, das Zittern seiner Hände ließ nach und sein Pulsschlag begann sich zu beruhigen! Vincent atmete unnatürlich lange aus, nahm sein Hände vorsichtig zurück, zog die Decke wieder über den Körper der Frau und erhob sich. Er beobachtete die Kranke und konnte bemerken, wie deren Gesicht sich plötzlich leicht rötete, die Augen bekamen wieder Glanz und auf einmal begann sie zu lächeln! Sie sagte etwas, das Vincent natürlich nicht verstand, aber er war sich bewusst: diese Heilung hatte gerade noch funktioniert!

Er lächelte zurück, hob leicht seine Hand zum Gruß und verließ den Raum. Sein Vater, Arabah und ein Lakai saßen in einer weißen Leder-Garnitur und als Vincent aus dem Krankenzimmer trat, sprangen die Drei auf und sahen Vincent fragend an!

„Sie wird…gesund werden!" informierte Vincent die beiden „Aber, wie Sie ja wissen, Herr Arabah, niemand…soll an ihr jetzt herumpfuschen! Sie braucht Ruhe, Ruhe und nochmals Ruhe! Sie…können alle medizinischen Geräte abschalten, so wird…sie am schnellsten wieder hochkommen!"

Sofort entfernte sich der Lakai, um die erfreuliche Nachricht an alle wichtigen Stellen im

Palast bekanntzugeben! Vincent, sein Vater und Arabah begaben sich gleich hinunter in den Hof, wo ihr Fahrer schon wartete. Emil wollte mit seinem Sohn sprechen, dieser jedoch war sofort nach der Abfahrt eingeschlafen. Emil sah ihn jetzt genauer an und auch er war jetzt geschockt von den vielen kleinen Fältchen und, was ihn noch mehr beunruhigte: diese vielen, jetzt aber schon deutlich sichtbaren weißen Strähnen in Vincents Haar!

Als sie wieder im Hotel eintrafen, war es früher Nachmittag. Sigrid empfing sie in der Halle, nahm Vincent in die Arme und hielt ihn lange so fest: natürlich hatte auch sie die vielen neuen grauen Haare am Kopf ihres Sohnes bemerkt! Ihre kurzer, vorwurfsvoller Blick auf ihren Gatten traf Emil mitten ins Herz! Aber Sigrid wollte jetzt keinen Streit vom Stapel brechen, keine Diskussion auslösen, sondern nur möglichst rasch aus diesem Land verschwinden!

125

Die Erlösung

Ohne irgendwelche Störungen wurden sie zum Flughafen gebracht, der Privat-Jet wartete bereits startklar. Bevor sie sich anschickten, die Machine über die kurze Treppe zu besteigen, übergab Arabah, der sie bis zum Jet begleitet hatte, Emil einen dicken, schwarzen und sehr schweren Diplomaten-Koffer mit den begleitenden Worten:

„Liebe Familie Kopp! Der Sultan und seine Familie bedanken sich nochmals für Ihren vorbildlichen Einsatz und für Ihr Verständnis!" Und als Arabah Emils zweifelnden Blick sah, setzte er noch hinzu: „Mit unserem Zoll hier werden Sie wegen dem Geldkoffer keinerlei Schwierigkeiten haben! Und bei Ihrer Ankunft in Österreich auch nicht: man wird Sie und Ihre Familie einfach durchwinken, wir haben das alles für Sie arrangiert!"

Und nach einer halben Stunde hob die Maschine in Richtung Europa ab! Sigrid saß neben Vincent, der sofort nach dem Start wieder eingeschlafen war! Sie betrachtete aufmerksam Vincents Kopf und diese merkbaren Veränderungen an ihrem Sohn bereiteten ihr immer mehr große Sorgen...

Bei ihrer Ankunft auf dem Flughafen in Wien wurden sie von einem dort bereits auf sie wartenden Vertreter des Sultanates auf der Diplomatenspur begleitet und durchgewunken, so wie Arabah ihnen das vorausgesagt hatte! Mit einem Wagen der Botschaft des Sultanates wurden sie nach Hause gefahren und ihr Gepäck wurde vom hilfsbereiten Fahrer ins Haus getragen! Dann verabschiedete sich der Mann und Sigrid und Emil standen jetzt, etwas gestresst, mit den Koffern im Flur.

„Ich möchte mich jetzt bei dir bedanken, Schatz!" sagte Emil unverhofft mit leiser Stimme zu seiner Frau „Und ich hoffe, wir können dieses Abenteuer so rasch wie nur möglich vergessen!"

Sigrid blickte Emil lange wortlos an, dann machte sie einen kurzen Wink mit dem Kopf hinein zum Wohnzimmer, wo die beiden Buben bereits vor dem Fernseher saßen und meinte:

„Du hast dich zwar nicht ganz an unsere Vereinbarung gehalten, mein Lieber, aber du hast dort unten auch konsequent auf die letzte Heilung bestanden, obwohl der Junge eigentlich gar nicht mehr in der Lage war, diese letzte Behandlung durchzuführen, nicht?"

Emil runzelte die Stirn und meinte:

„Naja, Liebes, was wäre uns denn schon anderes übriggeblieben? Wissen wir, was uns erwartet hätte, wäre Vincent diese letzte Heilung nicht mehr gelungen? Höchstwahrscheinlich hätte uns der nette Sultan dort unten bis zum nächsten *BOING* Vincents festgehalten? Und dann hätten wir doch auch keine Möglichkeit, uns nach Österreich zu verständigen, Schatz: die hatten unsere Handys konfisziert, und eines traue ich mich zu behaupten: auch von den Telefonen in unseren Suiten aus hätte man uns keine Verbindung nach Österreich hergestellt!"

Sigrid nickte ergeben, aber sie war so glücklich, mit ihrer Familie wieder heil in Österreich zurück sein zu dürfen! Und sie wollte

127

eigentlich auch niemandem die Schuld für dieses sie alle belastende Abenteuer zuweisen! Ihr Emil hatte doch wirklich nur die besonderen Heilkräfte ihres Sohnes in Kapital umsetzen wollen! Und die Sultane und die Scheichs da unten? Was anderes hätten die denn tun sollen, als diese einmalige, unerwartete Chance wahrzunehmen, einige ihrer todkranken Familienmitglieder im Zuge von Vincents Aufenthalt in ihrem Land gesundmachen zu können? *Sie sind auch nur Menschen*, dachte Sigrid, *Menschen, die samt ihren Milliarden auch nicht gefeit sind gegen heimtückische Krankheiten, oder?*

Nachdem sie und Emil die Koffer ausgepackt, Sigrid die Schmutzwäsche zugeordnet und sie beide sich ausgiebig geduscht hatten, ging Sigrid ins Wohnzimmer und sah, dass Vincent schon nicht mehr vor dem TV-Gerät saß!

„Vincent ist schon im Bett, Mami!" informierte Leon sie „Er meinte nur, dass er sehr, sehr müde sei! Dann ist er rauf, um sich niederzulegen!"

Sie begab sich hinauf, betrat leise Vincents Zimmer und blieb neben seinem Bett stehen. Vincent lag, unruhig atmend, auf dem Rücken und seine Hände waren über seiner Brust gefaltet. Das war es, was Sigrid an dieser wunderbaren Gabe ihres Sohnes so schrecklich störte: nahm er seinen *BOING* in Anspruch, nahm dieses unheimliche Etwas alles von ihm! Sein Animo, seine Kraft und letztendlich auch seine Gesundheit, wie Sigrid nun wieder feststellen musste! Vincents Kopfhaar war jetzt sofort erkennbar von vielen grauen Strähnen durchzogen und seine Gesichts-

128

haut hatte eine schmutziggraue Farbe bekommen! Und obwohl er schlief, musste Sigrid feststellen, dass Vincents Augen tief in den Höhlen lagen! Sigrid musste sich an den Bettrand setzen, dicke Tränen quollen ihr aus den Augen, liefen ihre Wangen hinab und benetzten ihre im Schoß liegenden Hände! So saß sie vielleicht fünf Minuten, dann hörte sie, wie Emil unten nach ihr fragte, erhob sich und ging hinunter. Er hatte sich einen Cognac eingeschenkt und stand, den Schwenker in der Rechten, vor dem Bücherregal. Er musterte seine Frau mit besorgtem Blick und zog kurz die Augenbrauen hoch. Ein Zeichen dafür, Näheres von ihr über ihren Sohn erfahren zu wollen! Sie schüttelte nur leicht den Kopf und bedeutete ihm, die Angelegenheit später besprechen zu wollen! Dann machte sie sich fertig, um zum Supermarkt zu fahren.

„Darf ich mitkommen, Mami? Ich kann dir ja beim Tragen helfen" fragte Leon, zugleich den Fernseher ausschaltend.

„Aber natürlich, du kleiner Schlingel!" antwortete Sigrid lächelnd „Und ich denke, du wirst dort sicherlich in die Regalreihe mit den Kinderschokoladen einbiegen wollen, hab ich recht?"

Sein schelmischer Blick sagte ihr genug und gleich darauf fuhren die beiden ab. Emil war irgendwie durcheinander: noch im Flugzeug hatte er unauffällig den prall gefüllten Koffer geöffnet und, als die Stewardessen eine Pause machten, die Geldbündel gezählt. Das waren doch glatt fünf Millionen Euro! Fünf Millionen! Der Koffer stand in dem kleinen Zwischenraum zwischen dem Abschlussteil des Bücherbordes und der

Fensterwand. Und seine Sigrid hatte bisher nicht ein einziges Wort über diesen unglaublichen Betrag verloren! Emil wusste, Sigrid hatte diese Reise a priori nicht gewollt, schlussendlich aber waren sie jetzt richtige Millionäre! Natürlich schob Emil in seinem Kopf die Frage hinsichtlich der Versteuerung dieses riesigen Betrages beiseite! Immer wieder und in kurzen Bildern blitzte sein total ermatteter, ausgelaugter Vincent vor seinem geistigen Auge auf, wie der anlässlich seiner letzten Heilung vor dem Bett der todkranken Frau gestanden hatte! Beinahe körperlich konnte Emil an diesem Tag spüren, welch furchtbare Unsicherheit seinen Sohn ergriffen haben musste: hatte es doch überhaupt keine Garantie gegeben, dass diese hoffnungslos kranke Frau durch Vincents Wunderkräfte auch sicher hätte gesunden können!

Jetzt aber war Emil einfach zu beschäftigt, seine Gedanken auf etwas anderes als auf diesen Haufen Geld zu lenken! Er ging hinüber zur Bücherwand, holte den Koffer hervor und ging damit in die Küche. Dort legte er ihn auf den Küchentisch, nahm auf der Eckbank Platz, stellte die Nummern an den Zahlenrädern der beiden Schnapp-Schlösser ein und hob den Deckel an. Das war ein so überwältigender Anblick, diese einhundert, in Folie verschweißten Geldbündel á 50.000 Euro! Und jeder andere Mensch, der in den Besitz eines solchen Betrages gekommen wäre, sei es durch Erbschaft, Lotteriegewinn oder Börsenspekulation, hätte einen Freudentanz aufgeführt, hätte ein Gebet gesungen, wäre mit dem Koffer zwanzig Mal durch die Wohnung gerannt, oder hätte sonst eine überschwängliche Handlung vollführt!

Anders jedoch Emil: der saß vor dem Geldhaufen und wusste nicht, wie das alles jetzt so weitergehen könnte! Keinesfalls wollte er das viele Geld hier zu Hause belassen: zu groß war die Gefahr, diese Wahnsinns-Summe könnte einem Einbrecher in die Hände fallen! Und was wäre, hätten er und seine Sigrid einen tödlichen Unfall und man fände hier nicht nur die beiden Buben, sondern auch diesen Geldkoffer? Oder einer der beiden Buben könnte den Koffer entdecken und würde in der Schule darüber plaudern?

Es ist doch ein interessantes menschliches Phänomen, dachte Emil jetzt, *hast du kein Geld, sprichst du nicht darüber. Hast du viel davon, rasen dir die kühnsten Gefahren mit Todesfolge durch deinen Kopf, oder?*

Und es bedurfte langer und eingehender Gespräche zwischen den beiden Eheleuten, bis man sich auf eine für beide Seiten vernünftig klingende Lösung hinsichtlich der Veranlagung dieser großen Summe einigen konnte. Dieses Geld allerdings war nicht unbedingt wichtig für Sigrid: eher musste sie ihren Mann davon überzeugen, von weiteren Terminen abzusehen und Vincent mit keiner Heilung mehr zu belasten: er musste sich erholen, musste Ruhe haben und seine *BOING*-Phasen einfach *BOING*-Phasen sein lassen! Die vergingen ja jedes Mal ohne andere Begleiterscheinungen, wie sie Vincent normalerweise belasteten: Zittern der Hände, kalter Kopf, Schwitzen und Sprachstörungen! Und Emil

131

war vernünftig genug, Sigrids Argumente zu akzeptieren: auch ihn beunruhigten die negativen Veränderungen an Vincents Körper doch sehr!

Ein Gespräch mit der Kirche

An einem heißen Juli-Vormittag meldete sich am Handy Emils ein Kirchenmann: Pater Ulrich Rixner von der Erzdiözese bat um ein Gespräch mit Vincent. Emil blockte gleich ab, Vincent sei zur Zeit in keinem guten Zustand und brauche Ruhe, absolute Ruhe! Na, das sei doch interessant, meinte Pater Rixner mit hörbarem Spott in der Stimme, wenn Vincent solche Heilkräfte habe, warum könnte er sich denn dann nicht selbst heilen?

Das saß natürlich! Emil hatte darauf keine Antwort! Aber er musste reagieren! Wer wusste, was dieser Gottesmann alles an die Öffentlichkeit bringen und Vincent als einen Scharlatan hinstellen könnte?

„Hören Sie, Pater Rixner,“ gab er dem Mann nun bekannt „Sie sollen wissen, dass diese Heilungen, die unser Sohn durchführt, ihn gesundheitlich ausnehmend belasten. Dies ist jetzt keine tödliche Krankheit, sondern ganz einfach ein sehr belastender Erschöpfungszustand! Und für ein doch kräfteraubendes Interview möchte er seinen göttliche Gabe nicht verschwenden! Ist das verständlich für Sie, Pater?“

Emil hatte sich bemüht, langsam, deutlich und ohne Emotion zu sprechen, obwohl er diesem frechen Pater gerne anders geantwortet hätte! Und Emil wusste auch, dass er sowohl Journalisten als auch anderen Menschen des öffentlichen Lebens keinerlei Chance geben durfte, Vincents Gabe in den Schmutz zu ziehen! Einige Sekunden lang herrschte Schweigen am anderen

Ende der Leitung, dann meldete sich der Kirchenmann:

„Oh ja, Herr Kopp, verzeihen Sie bitte meine Anzüglichkeit, aber verstehen Sie auch unsere Neugierde? Ihr Sohn hat etwas, was wir eigentlich als Wunder bezeichnen dürfen, oder? Und Wunder, Herr Kopp, also Wunder," die letzten Worte seiner Frage begleitete der Pater mit einem zweifelnden Lächeln „...die gibt's nicht wirklich, oder? Da sind wir uns doch einig?"

„Richtig!" meinte Emil „Aber Vincent ist nun einmal in der glücklichen Lage, schwerkranken Menschen helfen zu können! Menschen, die von der Schulmedizin bereits aufgegeben waren! Und ob Sie das jetzt als Wunder bezeichnen wollen oder einen anderen Terminus dafür haben, diese Heilungen sind nun einmal existent!"

Wieder war Stille am anderen Ende, dann räusperte sich Pater Rixner und fragte leise:

„Würden wenigstens Sie persönlich mit mir sprechen wollen?"

Emil war unschlüssig: was sollte bei einem solchen Gespräch denn Sinnvolles herauskommen? Aber...tja...aber vielleicht doch einmal die Sicht eines vollkommen Außenstehenden zu diesem heiklen Thema hören zu können...das könnte allemal hilfreich sein, oder?

Emil vereinbarte einen Treffpunkt und den Termin. Zwei Tage später trafen sich die beiden Männer in einem Café in der Wiener Innenstadt.

Emil war bereits kurz anwesend, als Pater Rixner das Café betrat. Er war ein großgewachsener, schlanker Mann in üblicher schwarzer

Robe. Sein dunkler Haarkranz war typisch für einen Pater. Er hatte gütige, weit auseinander stehende, blaue Augen, eine große, schmale Nase und einen breiten Mund, der immer ein wenig zu lächeln schien! Rixner trat an den Tisch und sie reichten sich die Hände. Der feste, kurze Händedruck von Rixners schmalen, weißen Händen überraschte Emil: dieser Mann dürfte ein ganz schön energischer Typ sein! Nachdem sie ihre Getränke bestellt und diese auch serviert worden waren, begann Emil:

„Sie können sich vielleicht vorstellen, lieber Pater, mit welchen Problemen meine Familie zurzeit zu kämpfen hat? Unser Vincent ist ja kein Mozart, kein Goethe und auch kein Toscanini: diese Künstler waren natürlich schon, als sie noch Kinder waren, Ausnahme-Talente! Sie hatten ein spezielles Talent, mit dem sie in Fachkreisen reüssieren konnten. Und auch später dann damit in die Öffentlichkeit gehen durften. Ja, das waren - wie man sagt - Wunderkinder, aber eben nur in einer Richtung, also Musik, Literatur, etc.. Unser Vincent jedoch ist für die ganze Welt wichtig: er kann alleine durch das Auflegen seiner Hände todkranke Menschen heilen! Ganz einfach heilen, lieber Pater, jawohl! Aber weder wir noch er selbst können uns vorstellen, wie dies wirklich funktioniert! Es ist, Herr Rixner, einfach ein Wunder! Mehr darüber kann ich weder Ihnen noch anderen Menschen sagen! Aber noch zur internen Information: Vincent liegt krank zu Hause: er muss sich von diesen Heilungen, die ihn eine Menge körperlicher Substanz gekostet hatten, erholen!"

Pater Rixner betrachtete Emil während dessen Vortrag fasziniert! Jetzt lehnte er sich zurück, sein Gesicht bekam einen nachdenklichen Ausdruck und er meinte:

„Man sollte Ihren Sohn fragen, was er eigentlich spürt anlässlich dieser Prozedur, also wenn er seine Hände auf einen todkranken Menschen auflegt? Ich meine, da muss doch irgendeine Spannung, eine unsichtbare Kraft zu wirken beginnen, oder?" Jetzt hob er seine Rechte, den Zeigefinger erhoben und setzte hinzu: „Spürt Ihr Sohn denn diese wahnsinnig große Hoffnung des Kranken, hier vielleicht geheilt zu werden? Und diese Hoffnung setzt sich um in diese übernatürliche Kraft?"

Emil schüttelte den Kopf:

„Nun, das glaube ich nicht: Vincent hatte ja bereits Heilung an Menschen durchgeführt, die schon nicht mehr bei Bewusstsein waren, also sagen wir, bereits im Stadium des...Überganges!"

Jetzt war der Pater irgendwie seiner Waffen beraubt! Nämlich der Waffen seiner Überzeugungskraft, die im Grunde die Basis für alle seine Debatten, Diskussionen oder hilfreichen Gespräche mit seinen gottesgläubigen Kirchenmitgliedern waren!

„Unser Glaube, Herr Kopp," dozierte er nun „lehrt uns, in tiefem Vertrauen auf Gott zu leben. Ja, es gibt da die Berichte über diese wunderbare Vermehrung von fünf Gerstenbroten und zwei Fischen, mit denen Jesus dann fünftausend Menschen versorgen konnte. Dazu noch hatte er viele

136

Kranke geheilt! War er ein Arzt? Nein. War er ein Psychologe? Nein. Aber was bleibt uns denn über, als anzunehmen, dass Jesus übernatürliche Kräfte hatte, die er mit seinem überzeugten, starken Willen aktivieren und diese Wunder vollbringen konnte?"

Damit zog der Pater seine Schultern hoch, zeigte Emil seine Handflächen und blickte diesen fragend an. Emil wusste, dass er, egal wie dieses Treffen ausgehen sollte, nur gewinnen konnte: Vincents Heilungen waren existent, die ehemals Todkranken waren geheilt und lebten gesundet weiter! Zwar unverständlich für alle Ärzte, für ihre Anverwandten und Freunde, aber sie lebten!

„Wissen Sie, Pater," entgegnete Emil „Ich bin eigentlich Agnostiker. Und wir Agnostiker, wir lehnen die Bibeltexte ja ab und daher ist auch Ihr Gott für uns nicht existent! Also wird es für mich sehr schwer, mit Ihnen Texte aus der Bibel zu diskutieren, wenn Sie das bitte verstehen wollen?"

Er hatte nun ebenso seine Schultern hochgezogen und dem Pater als Zeichen der Unschuld seine Handflächen präsentiert! Jetzt trank Emil seine Tasse leer, lehnte sich ebenfalls zurück und fragte leise, sodass der Pater ihn durch den üblichen Geräuschpegel im Café gerade noch verstehen konnte:

„Glauben Sie jetzt an Wunder, Pater? Diese heilenden Behandlungen unseres Sohnes sind - zumindest bis zum heutigen Tage - auch wissenschaftlich nicht zu erklären! Fragen wir uns denn, warum ein Kreis rund ist? Oder wieso angeblich nur die Menschen auf diesem Planeten intelligent

137

sind? Also, ich denke, wir sollten alles so belassen, wie es eben ist! Niemand kann es erklären, niemand versteht es, aber vielen Menschen kann durch Vincents übernatürliche Kraft geholfen werden, so einfach ist das!"

Pater Rixner seufzte tief, nickte zu Emils Vorschlag und griff in die Tasche, um sein Portemonnaie hervorzuholen. Aber Emil winkte ab:

„Lassen Sie nur, Pater, das geht schon in Ordnung, ja? Es war ja doch ein ganz interessantes Gespräch für mich!"

Pater Rixner bedankte sich, sie standen auf, und mit einem festen Händedruck verabschiedeten sie sich. Und während Emil nachdenklich den Wiener Graben entlang ging, dachte er bei sich:

Ist eigentlich egal, ob sich Gottesmänner, Journalisten oder neugierige Nachbarn für die Heilungen Vincents interessieren: es gibt keine befriedigende Klärung für Vincents Gabe!

Emils Interesse galt nun verstärkt der Genesung ihres Sohnes. Inwieweit sein Interesse durch eventuelle noch folgende Heilungen begründet war oder ob es sich hier um die ernstliche Sorge eines Vaters um seinen kranken Sohn handelte: darüber soll hier vielleicht nicht explizit nachgedacht werden...

138

Vincents Alleingang

Es war drückend heiß, die Hitze hatte sich tagelang aufgestaut und lastet beschwerlich auf den Menschen. Jede nicht unbedingt notwendige Arbeit wurde verschoben und wer oder was sich bewegen musste, tat dies langsam und ohne Hektik: andernfalls waren sofortige Schweißausbrüche die Folge! Natürlich litt auch die Familie Kopp unter dieser Hitzewelle. Sigrid, Emil und Leon waren ins Stadtbad gefahren, wo sich hunderte gequälte Badegäste in den Bassins drängten. Aber es war ja doch etwas Abkühlung und Lärm, Spritzen und die überfüllten Becken nahm man als Begleiterscheinung eben hin!

Vincent war zu Hause geblieben: er wollte nicht hinaus in die Hitze, für ihn war es angenehmer, bewegungslos auf seinem Bett zu liegen und zu lesen. Als er ein neues Kapitel beginnen wollte, bekam er plötzlich großen Durst. Er stand auf, verließ sein Zimmer und begab sich über den Flur zur Treppe, um sich unten in der Küche aus dem Kühlschrank zu bedienen. Er kam an der Türe, die zu Papas Schreibzimmer führte, vorbei. Die Türe stand halb offen und Vincent verhielt seinen Schritt. Er konnte später nicht sagen, warum er eben dort stehengeblieben war, aber durch den offenen Türspalt konnte er auf Papas Schreibtisch eine aufgeschlagenen Zeitung liegen sehen. Neugierig geworden, ging er durch die Türe und trat an den Schreibtisch heran. Vor ihm lag ein Zeitungsausschnitt, auf dem Vincent sofort erkennen konnte, worum es hier ging: da waren alle Anfragen über eine rasche Heilung aufgeführt! Papa hatte mit rotem Filzschreiber alle bereits durchgeführten Heilungen ausgestrichen, aber nicht die oben an erster Stelle angeführte Anfrage:

Alleinerziehende Mutter von drei Kleinkindern, 30 Jahre, nach unverschuldetem, schwerem Sturz in eine Baugrube teil-querschnittgelähmt!

Vincent war zuerst einmal nicht in der Lage, diese Anfrage zu begreifen! Aber er vereinzelte diese Worte, dann den ganzen Text und dann war es für ihn mit einem Mal schrecklich klar: Papa hatte diesen Fall überhaupt nicht angezeigt! Und es dauerte nicht allzu lange, bis es Vincent klar war: Papa hatte sich aus dieser Anfrage wohl keinen Gewinn erwartet!

Vincent war entsetzt! Da litten drei völlig unschuldige Kleinkinder vielleicht schon unter dem furchtbaren Unglück, das ihrer Mama widerfahren war und sein Vater ignorierte diesen eigentlich raschest zu behandelnden Fall aus reiner Geldgier? Vincent stand vor der aufgeschlagenen Zeitung und konnte es nicht glauben! Wie viele Millionen war ein Menschenleben für Papa wert? Konnte Papa, nachdem er diesen Fall eiskalt übergangen hatte, denn noch ruhig einschlafen?

Vincent war schrecklich aufgeregt! Und wie er sich umwandte, um das Zimmer zu verlassen, begann sein Körper urplötzlich zu zittern, sein Kopf erkaltete in Sekundenschnelle, er begann, am ganzen Körper unnatürlich zu schwitzen und er wusste: es war wieder soweit! Sein *BOING* hatte ihn erfasst! Schwer atmend stand Vincent nun im Flur und versuchte, in seinem kalten Kopf einen klaren Gedanken für diese wichtige Heilung zu fassen! Trotz langsam beginnendem Kopfschmerz wandte er sich um und betrat das Zimmer erneut. Unter dem Hilferuf dieser Mutter war die Telefonnummer angegeben.

Vincents Beine wurden schwach, das war immer so, gleich nach Beginn seines *BOING!* Er musste sich auf den Schreibtischstuhl setzen und längere Zeit so verharren. Dann wurde ihm ein wenig besser und er tippte auf seinem Handy die angegebene Telefonnummer ein. Nach einigen Freizeichen meldete sich eine Kinderstimme:

„Hier spricht Lena Baumann! Wer spricht bitte?"

Das war schön brav heruntergesagt, wie auswendig gelernt und Vincent bemühte sich trotz seiner Kopfschmerzen, einen ganz, ganz freundlichen Ton anzuschlagen:

„Hallo, Lena! Hier spricht Vincent Kopp und ich…möchte deiner kranken Mami helfen! Willst du sie mir…einmal bitte kurz…geben?"

„Ja, gerne!" antwortete das Mädchen „Aber sie kann ja nicht laufen und ich muss ihr das Telefon hinüber in ihr Zimmer bringen, wissen Sie? Also, gleich können Sie mit ihr sprechen!"

Es dauerte kurz und dann meldete sich eine Frauenstimme:

„Guten Tag! Ich bin Helen Baumann und was ist Ihr Anliegen?"

„Naja," erwiderte Vincent mit optimistischem Ton „Nicht Sie sollen für…mich etwas tun, sondern ich werde für Sie noch…mehr tun, als Sie glauben! Mein Name ist…Kopp, Vincent Kopp und ich möchte versuchen, Sie von Ihrer …Querschnittlähmung zu befreien! Und…bitte,

141

auch wenn das jetzt für...Sie nicht sofort glaubwürdig klingt: ich mache das...natürlich völlig kostenlos! Also, wann hätten Sie denn Zeit, dass ich...vorbeikommen kann, um zu versuchen, Ihr Leiden aus...der Welt zu schaffen?"

Zuerst gab es überhaupt keine Reaktion und Vincent fürchtete bereits, die Mutter hätte vor lauter Verwirrtheit ob seines Angebotes das Gespräch abgebrochen! Aber dann konnte Vincent ihren schweren Atem vernehmen und nach einigen Sekunden sagte sie zögernd:

„Sind Sie...bist du...vielleicht gar der Junge, der diese Wunderheilkraft besitzt?"

„Richtig, ganz richtig, Frau Baumann!" bestätigte Vincent, der sich trotz seiner Schwierigkeiten, klar zu sprechen bemühte, seiner Stimme einen aufmunternden Klang zu verleihen! „Und...ich werde versuchen, Sie...zu heilen, ok? Aber dazu muss ich wissen, ob Sie erstens einverstanden sind und...zweitens, zu welcher Adresse ich kommen soll?"

Er konnte hören, dass die Frau mit jemandem flüsterte, dann meldete sie sich:

„Kommen Sie bitte herauf in die Waldhofstraße 46 im 14. Bezirk, ist das ok?"

„Ich denke, Frau Baumann," antwortete Vincent nach einem schnellen Blick auf die große Pendel-Standuhr „dass ich, wenn das...Taxi gleich kommt, in etwa 45 Minuten bei Ihnen... sein kann! Also dann, bis später!"

Er unterbrach das Gespräch und merkte plötzlich, dass er über seinen Zorn wegen dieser unmenschlichen Entscheidung seines Vaters ganz vergessen hatte, dass ihn sein *BOING* immer

142

anfangs stark beanspruchte! Er ging, mit dem Telefon in der Hand, zur Sitzgarnitur im Wohnzimmer und musste sich ein wenig hinlegen: das Zittern seiner Hände war nun stärker geworden und seinen Kopf wagte er gar nicht erst anzufassen! So lag er mindestens zehn Minuten, bis er sich erinnerte, dass er ja einen Termin zugesagt hatte! Er sprang auf und im selben Moment schwindelte es ihn, so als ob er auf einem Schiff in schwerer Dünung stehen würde! Sofort setzte er sich wieder, um den Anfall abzuwarten! Nach ein paar Minuten spürte er, dass es ihm schon besser ging. Er stand auf, nahm sein Handy und rief ein Taxi. Dann ging er langsam in den Flur, schlüpfte in seine Mokassins, kämmte rasch noch seine Haare durch und verließ das Haus. Draußen kam eben das Taxi an, er nannte dem Fahrer die Adresse und nach einer halben Stunde kamen sie in der Waldhofstraße an. Es handelte sich um einen netten Bungalowbau, mit einem kleinen, gepflegten Vorgarten. Nachdem Vincent den Knopf für die Klingel gedrückt hatte, wurde ihm elektronisch geöffnet und er ging weiter zur Haustüre, die schon aufgemacht wurde! Ein mageres Mädchen von vielleicht zwölf Jahren mit langem, schwarzem Haar und großen, dunklen Augen stand in der Türe, grüßte artig und bat ihn herein. Vincent betrat einen gefliesten Flur, von dem rechts und links je zwei Türen abgingen. Auf seine Frage, ob er seine Schuhe ablegen solle, verneinte die Kleine und führte ihn nun weiter bis zur zweiten Türe rechts. Sie klopfte leise, öffnete und sie traten ein.

Im ersten Moment war Vincent entsetzt: in einem Rollstuhl an einem zum Garten ausgerichteten Fenster saß ein lebendes Geripppe! Nur mehr die Umrisse eines Menschen! Die Frau dürfte so um die dreißig sein! Und als sie Vincent ihren Kopf zugewandt hatte, starrte ihn eine Mischung aus Resignation, Hoffnung und Bitte an! Ihre Augen lagen tief in den Höhlen! Frau Baumann trug nur ein Nachthemd und hatte eine wärmende Decke über ihre Knie gelegt. Vincent trat nun an die Frau heran, lächelte und meint, indem er zugleich ihre Schulter berührte:

„Guten Tag, Frau…Baumann! Ihre Tochter ist aber…ein nettes Mäderl! Sie ist ausnehmend freundlich! Hat sie denn…gar keine Angst vor Fremden?"

Frau Baumann musste sich einige Male räuspern und dann antwortete sie kraftlos und mit heiserer Stimme:

„Nachdem Sie angerufen hatten, habe ich Lena informiert, dass Sie bald hier ankommen würden und sie dürfe Ihnen öffnen!"

Dann musste sie unterbrechen, sie war einfach zu schwach, um weitere Konversation führen zu können! Vincent wusste, dass er rasch handeln sollte: sie war in einem erbärmlichen Zustand und er konnte sich überhaupt nicht vorstellen, wie Kinder mit solch einer Erscheinung, die ihre Mutter ihnen bieten musste, fertig werden sollten!

„Hören Sie, Frau Baumann, die Kleine sollte nun…das Zimmer verlassen, sodass ich mit der Behandlung…beginnen kann, ok?"

Frau Baumann wandte ihre Kopf hin zu ihrer Tochter, die die ganze Zeit über an der Türe

144

gestanden hatte und sagte krächzend, jedoch in liebevollem Ton:

„Mein Goldschatz! Gehst du bitte hinüber und spielst ein bisschen mit deinen Geschwistern?"

Lena nickte, ging hinaus und schloss die Türe hinter sich. Nun sah Vincent Frau Baumann lange in die Augen und meinte dann:

„Welche Möglichkeit haben wir, Frau Baumann, Sie...dort hinüber auf das Sofa zu legen? Was können Sie selbst dazu...beitragen, wenn ich Ihnen dabei...helfe?"

Wieder starrten ihn diese schrecklich traurigen Augen einige Zeit an, dann holte sie einmal tief Luft und meinte leise:

„Wenn Sie mir ein wenig helfen, dann kann ich das fast von alleine! Wenn mir ein kräftiger Mensch hilft, dann komme ich noch überall hin! Aber meine Kleinen, die können das natürlich nicht schaffen!"

Sie schlug die Decke, die ihre Knie bedeckte, zur Seite und ließ sie auf den Boden fallen. Nun umfasste sie mit ihren Händen die beiden Lehnen des Gefährtes, stemmte sich mit beiden Armen nach vorne und hob ihr Hinterteil ein wenig hoch.

„Und jetzt," instruierte sie Vincent „jetzt sichern Sie mich bitte, sodass ich nicht vornüber falle, wenn ich mich ganz aufrichte, ja? Immer wieder bekomme ich einen Schwindelanfall, wenn ich mich nach dem langen Sitzen aufrichten möchte!"

Vincent tat dies, sie richtete sich mit einem Schwung auf und dann stand sie vor ihm! Als

Vincent sie am Arm nehmen wollte, winkte sie etwas ungeduldig ab, sie würde das alleine schaffen! Vincent reagierte sofort und ließ sie so stehen, allerdings mit großer Aufmerksamkeit, um ihr im Falle einer plötzlichen Schwäche sofort beistehen zu können! Frau Baumann setzte jetzt vorsichtig einen Fuß vor den anderen und nach ein paar Minuten hatte sie, zwar mit großer Anstrengung, aber doch, das Sofa erreicht! Vincent half ihr nun, sich zu setzen und sich dann auf den Rücken zu legen! Er achtete, dass darauf noch ausreichend Platz für ihn und seine Behandlung war! Dann setzte er sich neben sie auf das Sofa und lächelte sie an: sie keuchte noch ein wenig, denn dieser Ausflug war ja nicht geplant! Vincents Puls schlug heftig und er spürte, dass sein Sprechvermögen, wie gewohnt, mehr und mehr nachließ! Er wollte nicht sprechen, aber er musste weitermachen! Er deutete Frau Baumann nun, ihre Augen zu schließen. Diese unheimliche Kraft schob förmlich seine Hände langsam hin zu der Kranken, aber Vincent wusste plötzlich nicht, wohin er seine Hände tun sollte!

Okay, dachte er, *ok! Dann wird das alles eben ein bisschen länger dauern, bis ich die richtige Prozedur herausgefunden habe!*

Jetzt legte er seine Rechte auf ihre Schulter, und ließ sie dort einige Sekunden verweilen. Nachdem er nichts spürte, nahm er sie von dort weg und legte sie auf die Stirn der Gelähmten, nicht ohne ihr zuvor noch gesagt zu haben, dass sie sich nicht schrecken solle! Die Frau lag ruhig da und wartete jeden weiteren Schritt Vincents neugierig ab! Auch durch die Berührung am Kopf der Frau konnte Vincent keinen Erfolg verspüren, also nahm er zu der Methode Zuflucht, die ihm am meisten zuwider war: er zog ihr Nachthemd langsam in die Höhe, bis der Bauch frei lag. Dann legte er behutsam zuerst seine linke Hand, nach einigen Sekunden seine rechte Hand auf ihren Bauch. Nun reagierte die Frau, schlug ihre Augen auf und blitzte Vincent zornig an:

„Also, das ist aber, so glaube ich, nicht erlaubt, Herr Vincent! Ich muss doch jetzt…"

Er unterbrach sie leise, ohne seine Hände von ihrem Körper zu nehmen, indem er mühsam und langsam sprach:

„Frau Baumann! Sie müssen…ruhig bleiben bitte! Niemand tut…Ihnen etwas Böses, glauben…Sie mir! Aber ich kann Sie nicht heilen, wenn…Sie meine Behandlung stören! Also: bitte keine Aufregung und…ruhig liegen bleiben, ok?"

Sie folgte, noch ein bisschen widerwillig, legte ihren Kopf wieder zurück auf den Polster und lag ganz ruhig da! Und jetzt spürte Vincent auch schon, wie seine Kraft zu wirken begann: während sein Atem sich beruhigte, wurde sein Kopf wieder etwas wärmer und das Zittern seiner Hände hatte fast völlig aufgehört! Jetzt war er ruhig geworden und er nahm seine Hände ganze zwei Minuten nicht vom Bauch der Frau! Als er spürte, dass sie eingeschlafen war und ruhig und in tiefen Zügen atmete, nahm er seine Hände zurück. Er betrachtete die Frau noch einige Sekunden lang, dann erhob er sich und verließ leise den Raum.

Im Flur wartete, entgegen der Anordnung ihrer Mutter, mit ihren Geschwistern zu spielen,

147

Lena. Ihr angsterfüllter Blick traf sein Herz wie ein Dolchstoß! Was mussten diese armen Kleinen mitgemacht haben, als sie erfahren hatten, was mit ihrer Mami passiert war! Vincent blieb stehen, ging in die Hocke und winkte Lena zu sich. Sie kam heran, er nahm sie bei den Schultern, zog sie behutsam an sich und flüsterte ihr ins Ohr:

„Lena! Deine Mami wird wieder…ganz gesund, ok? Ganz gesund! Und…ihr braucht euch keine…Sorgen mehr zu machen, dass…sie nicht mehr mit euch spielen, mit…euch schwimmen gehen…und nicht mehr für euch kochen könnte!"

Dann drückte er sie ein Stück weg von sich, machte große Augen und lachte leise! Dann sagte er noch, nachdem er wieder ein ernstes Gesicht aufgesetzt hatte:

„Du musst jetzt genau…zuhören, Lena: niemand darf deine Mami jetzt ein paar Stunden lang stören, ja? Du…bist mir verantwortlich dafür, dass sie sich jetzt gesundschlafen kann! Also, wenn…jemand zu ihr will, dann musst du das …verhindern, ok?"

Lena sah ihn noch einige Sekunden mit ihren großen Augen ungläubig an, dann nickte sie und sagte mit verschwörerischem Ton:

„Ich hab einen Schlüssel zu Mamis Zimmer! Mit dem sperre ich jetzt die Türe ab, damit sie niemand stören kann!"

Vincent lächelte sie noch einmal kurz an, erhob sich, grüßte und verließ das Haus. Er wollte jetzt kein Taxi rufen: er würde so lange spazieren, bis er müde sein würde und sich erst dann ein Taxi heranwinken…

Als Sigrid, Emil und Leon vom Baden zurückgekommen waren, beschlich Sigrid ein sonderbares Gefühl wegen Vincent. Sofort lief sie hinauf in sein Zimmer und da lag er in tiefem Schlaf! Und wieder waren es etliche weiße Haare mehr geworden seit heute Morgen! Sigrid hatte sich geschworen, diese unheimliche Veränderung an Vincent nun sehr, sehr genau zu beobachten und auch zu protokollieren!

Emils Eifersucht

Natürlich blieb diese Heilung nicht geheim! Vincent hatte einfach vergessen, Frau Baumann einzutrichtern, niemandem von Ihrer Heilung zu erzählen! Und bereits zwei Tage später erschienen die Head-lines der größten Tagesblätter mit beinahe gleichlautendem Text:

Und wieder hat es eine Wunderheilung, diesmal in Wien, gegeben: die nach einem unverschuldeten, schweren Sturz querschnittgelähmte Mutter dreier Kleinkinder kann sich nach dieser geheimnisvollen Heilung durch den bereits öfters kolportierten Vincent Kopp wieder völlig normal und ohne die geringsten Anzeichen von negativen Nachwirkungen bewegen! Und abermals können sich die behandelnden Ärzte keinen Reim auf diese unglaubliche Genesung machen und wollen der Presse gegenüber dazu auch keine Stellungnahme abgeben!

Darunter wurde in journalistisch üblicher Art gemutmaßt, verdächtigt, gefachsimpelt, etc., etc.!

Emil sah diese Headlines auf dem Weg in sein Büro auf seinem Handy-Display und er wollte es nicht glauben! Sofort wendete er den Wagen und traf zehn Minuten später wieder zu Hause ein. Vincent lag mit seinem *BOING* oben in seinem Zimmer auf dem Bett und schlief. Sigrid hatte ihren Mann gebeten, den Buben in Ruhe zu lassen: ihn jetzt wegen dieser nicht vereinbarten Heilung aus seinem heilsamen Schlaf zu reißen und ihn deshalb zur Rede zu stellen wäre eben

150

nicht gerade förderlich! Emil aber war zornig: ganz logisch gedacht, hielt er diesen Alleingang seines Sohnes für einen möglichen Schritt zur Selbständigkeit! Was nach Emils Meinung so viel bedeutete, dass Vincent seinen Vater für Termine nicht mehr benötigen könnte! Eifersucht, Angst und Gier waren die grausigen Verbündeten in Emils Kopf: er lief erregt die Treppe hinauf, um seinen Sohn wegen dessen Eigenentscheidung zur Rede zu stellen!

Er stieß rücksichtslos die Türe auf und stand gleich neben Vincents Bett. Dieser schlug verschlafen die Augen auf und blickte seinen Vater, der mit in die Seiten gestemmten Fäusten vor ihm stand, zwinkernd an.

„Was war das denn?" fragte Emil nun den Jungen mit verhaltenem Zorn in der Stimme „Muss ich durch die Zeitungen von solch einem nicht abgesprochenen Alleingang erfahren? Konntest du denn nicht warten, bis wir das gemeinsam hätten erledigen können?"

Im ersten Moment wusste Vincent nicht, was Vater meinte: er war durch seinen immer noch vorhandenen *BOING* belastet und er musste sich jetzt einige Sekunden lang konzentrieren, um Vaters Aggression zu verstehen! Gleich jedoch hatte er Vaters unglaubliche Entscheidung vor Augen, Heilungen ausschließlich mit betuchten Personen gegen Honorar zu vereinbaren! Er richtete seinen Oberkörper auf, stützte sich auf die Ellenbogen und entgegnete:

„Du weißt, Papa, dass ich immer und bis heute alles, was…meinen *BOING* betrifft, dir und nur dir alleine überlassen hatte! Aber…als ich auf

151

deinem Schreibtisch zufällig diese…Liste mit den hilfesuchenden Menschen gelesen hatte, war ich …wirklich zornig! Wie kannst du so unmenschlich entscheiden und…eine Mutter von drei Kleinkindern, die im Rollstuhl sitzen muss, einfach nur des Geldes…wegen übergehen? Das, Papa, genau das solltest du mir erklären, bevor du mit…mir anfängst zu schimpfen!" Diese letzten beiden Sätze waren es, die Emil wieder auf normale Betriebstemperatur herunterbrachten! Aber er wusste gleich keine zufriedenstellende Antwort auf diese richtige Forderung seines Sohnes! Schwer atmend stand er vor seinem Sohn, die Fäuste noch immer in die Seiten gestemmt und überlegte krampfhaft! In diesem Moment wurde die Türe geöffnet und Sigrid trat ein. Natürlich wusste sie genau, worum es hier ging und sie wusste auch, dass ihr Mann sich eben in eine unangenehme Situation manövriert hatte! Sigrid war nicht nur Mutter, sie war auch eine gute Ehefrau und sie wusste: hier musste sofort eine Mediation Platz finden! Instinktiv legte sie von hinten ihre Arme um Emils Brustkorb, legte ihren Kopf leicht auf seine Schulter und sagte:

„Na, ihr beiden? Gibt's vielleicht Krach? Das will ich aber gar nicht hoffen!" Jetzt ließ sie ihren Mann los, ging um ihn herum und stellte sich so, dass sie beide, Emil und Vincent ansehen konnte. Nach einer Weile fuhr sie fort: „Ich denke, dass du, Vincent, hier nicht ganz korrekt gehandelt hattest! Aber ich habe Verständnis dafür, dass du dieser Mutter mit ihren drei Kindern unbedingt helfen wolltest! Und ich bin auch froh

152

darüber, dass es wieder geklappt hatte! Und du, Papa," dabei hatte sie sich ganz zu ihrem Mann hingewandt „du darfst nicht eifersüchtig sein auf das, was unser Vincent hier abgezogen hatte: das war eben ein für ihn unvermeidbarer Alleingang! Und ich bin sicher, er wird dich in Zukunft nicht übergehen, oder?"

Damit hatte sie sich ganz zu Vincent hingewandt, blickte ihn fragend aber auch fordernd an und dieser nickte erleichtert: er liebte seine Mami über alles, weil sie auch für alles Verständnis aufbrachte!

Und Emil? Der stand jetzt etwas verlegen da, hatte ihn doch eben seine Frau beschämt! Aber er nahm sich zusammen, umarmte Sigrid, dann beugte er sich hinunter zu Vincent und umarmte und drückte diesen ebenso! Damit war ein Schwelbrand gelöscht und alle Beteiligten gingen erleichtert auseinander! Nein, nicht alle: Sigrid hatte ihren Vincent nur kurz gemustert und mit Schrecken festgestellt, dass er wieder um einiges älter aussah als gestern noch! Als Emil und sie danach unten im Wohnzimmer zusammensaßen, sah sie ihm lange in die Augen und fragte:

„Sag einmal, Schatz, kannst du eigentlich mit dem, was mit unserem Jungen passiert, fertig werden? Also, ich meine sein Aussehen, Emil!" Er blickte sie verwundert an, er schien nichts zu begreifen! „Es scheint klar zu sein," fuhr sie fort „dass er nach jeder seiner Heilungen um einiges älter wird! Wie kann es sein, dass ein sechzehn Jahre alter Junge so viele graue Haare hat und so schrecklich viele feine Fältchen im Gesicht? Und wenn er nachdenklich ist, dann, Schatz, dann sieht er mir wirklich aus wie ein alter Mann!"

Sie sah ihn mit vorgeneigtem Kopf fordernd an und erwartete seine Reaktion auf ihre Feststellungen: eben irgend eine diese unglaublichen Veränderungen an Vincent betreffende Reaktion! Aber Emil zuckte nur die Schultern, zog unwissend die Augenbrauen hoch und meinte:

„Naja, könnte doch sein, dass er durch diese kräfteraubenden Heilungen vielleicht etwas abgespannt erscheint?"

Für Sigrid war das nichts anderes als eine instinktive Abwehr, die Abweisung einer zugewiesenen Schuld! *Wo war denn seine väterliche Verantwortung für sein eigen Fleisch und Blut geblieben?* fragte sie sich ein wenig verwirrt! Sigrid war in einer schrecklichen Verfassung: hin- und hergerissen zwischen Mutterliebe und fürsorglicher Ehegattin fand sie im Augenblick keinen Halt für einen nächsten, wichtigen gemeinsamen Schritt, um diese traurige Patt-Situation zu bewältigen!

Sie erhob sich und ging hinaus in die Küche, um Vorbereitungen für das Mittagessen zu treffen. Als sie eben die Messerlade geöffnet hatte, fühlte sie, dass sie nicht alleine in der Küche war: sie wandte sich um und da stand Vincent! In seinem etwas übergroßen, dunkelgrünen T-Shirt, seinen schlotternden Jeans, den verlegten, struppigen Haaren, in denen die Farbe Grau bereits dominierte sah er für Sigrid erbärmlich aus! Sie legte das Messer ab, wischte sich die Hände an der Schürze ab, ging zu ihm hin und umarmte ihn zärtlich!

154

„Wie geht es meinem Wunderheiler denn?"
fragte sie leise „Darf ich irgendetwas für dich tun,
mein Goldschatz?"

Sie spürt, wie sein Körper vibrierte, er holte
einmal tief Luft und meinte leise:

„Ich kann nicht mehr, Mami, aber ich weiß
nicht, was ich machen soll? Das alles strengt
mich so schrecklich an und ich glaube jedes Mal,
wenn ich jemandem geholfen habe, dass ich beinahe sterben muss vor Schwäche!"

Schaudernd musste Sigrid nun spüren, dass
Vincent schluchzte und sie drückte ihn noch fester, jedoch noch immer zärtlich an sich! Sie sam-
melte einige tröstende Worte, aber Vincent fuhr
fort:

„An manchen Tagen fühle ich mich so hoffnungslos, so müde, Mami, dass ich am liebsten
liegenbleiben möchte! Aber wenn mein *BOING*
dann wieder nachgelassen hat und verschwunden
ist, dann geht alles wieder seinen normalen Weg!
Aber…" er hielt inne, legte seinen Kopf zurück
und sah seine Mutter ängstlich an „…aber was
mache ich denn mit Papa? Und was mache ich
auch mit den vielen armen, hilflosen Menschen?
Sie sind doch voll mit Hoffnung, dass ich sie
gesund machen werde, oder? Aber das kann ich
doch nur, wenn mein *BOING* funktioniert! Und
was kann ich in diesen paar Tagen alles schaffen?
Mein *BOING* sollte vielleicht Wochen, oder Monate dauern, was meinst du, Mami?"

Gott im Himmel! dachte Sigrid, Vincent
noch immer fest haltend, *Der Junge hat ein
Riesenproblem, mit dem niemand auf der Welt
fertig werden könnte! Die Natur, oder ein ver-*

155

rücktes Schicksal haben ihm eine Gabe zugeordnet, die zu bewältigen uns einfach nicht gegeben ist! Aber er bringt sich doch um, wenn er so weitermacht! Und das werde ich nicht zulassen! Sie löste sich behutsam von ihm, hielt ihn jedoch an den Schultern von sich weg, sah ihn aufmunternd an und meinte lächelnd:

„Mein Goldschatz! Ich denke, ich habe schon eine Lösung für dein Problem gefunden! Aber dazu muss ich noch mit Papa sprechen! Der ist, wie ich soeben hörte, ins Büro gefahren. Und heute Abend nach dem Nachtmahl werde ich alles mit ihm abklären! Und du sollst wissen, mein Junge: du, dein Bruder und euer Vater, ihr seid mir das Wichtigste auf dieser Welt! Und wir dürfen nie wirklichen Hader und Streit in dieses Haus kommen lassen! Dafür, Vincent, dafür kann ich sorgen! Und bis dahin gehst du hinauf, liest, lernst oder schläfst dich aus, einverstanden?"

In Vincents Augen war ein Leuchten entstanden und es kam sogar ein schwaches Lächeln zustande!

„Danke, Mamilein, danke!" flüsterte er dankbar „Du bist einfach die Größte, weißt du das?"

Sie lächelte zurück, gab ihm einen Klaps auf die Wange und schob ihn sanft aus der Küche. Vincent begab sich hinauf und während er die Stufen hochging, kam Leon von der Schule nach Hause. Nachdem er die Schuhe ausgezogen hatte, kam er in die Küche, holte sich seinen Begrüßungskuss und fragte leise:

„Gibt´s etwas Neues, Mami?"

Natürlich wusste er schon von Vincents Alleingang und auch er war erschreckt von dessen sichtbarer äußerer Veränderung!

„Jetzt bitte nicht, Leon, mein Schatz!" antwortete Sigrid ihm leise „Aber heute Abend werde ich mit Papa sprechen und ich denke, wir können gemeinsam eine ganz passable Lösung für diese komische Geschichte finden, ok?"

Das genügte Leon: er war ja immer schon ein unkomplizierter Bursch gewesen, Details interessierten ihn nie: wie er es in seiner Familie ausnahmslos erleben konnte, glaubte er immer an eine zu Stande kommende, vernünftige Lösung, an der man sich dann weiter orientieren konnte!

Das Arrangement

Um 19 Uhr saßen alle zum Abendessen am Tisch. Obwohl Sigrid bewusst im Vorfeld keine Information verlauten ließ, herrschte eine eigenartige, angespannte Stimmung! Es gab eine Kalte Platte, Baguettes und Gemüse. Für die Jungs selbst gepressten Fruchtsaft und für Emil und Sigrid einen schönen Rotwein aus der Region Horitschon im Burgenland. Nachdem Sigrid unter Mithilfe der ganzen Familie den Tisch abgeräumt hatte, gingen die Jungs hinauf, um sich mit einem neuen Computerspiel zu unterhalten.

„Hey!" wandte sich Sigrid nun an ihren Mann „Machen wir beide noch einen kleinen Spazicrgang? Denn das, was ich mit dir besprechen muss, Schatz, das müssen die Buben nicht unbedingt hören, ok?"

Erstaunt zog Emil die Augenbrauen hoch, gehorchte aber: und er war sich auch im Klaren, dass es sich heute Abend ausschließlich um Vincent handeln musste! Nach einigen Minuten verließen sie das Haus und wandten sich nach links auf einen Feldweg, der durch eine wunderschöne, heimelige Lindenallee mit einigen dort aufgestellten Bänken führte. Sie spazierten langsam und eingehängt in die wie ein Tunnel aussehende Allee und bei der dritten Bank meinte Sigrid:

„Wollen wir uns nicht ein bisschen setzen?"

„Aber gerne!" erwiderte er und sie nahmen Platz. Eine Minute verging so, ohne dass sie ein Wort wechselten. Dann legte Sigrid ihre Hand behutsam auf Emils Unterarm und begann:

„Schatz, du weißt ja schon, worüber ich jetzt mit dir sprechen muss: ich konnte heute beim Abendessen merken, dass du meine Mahnungen hinsichtlich Vincents äußerer Veränderungen doch ernst genommen hattest! Du hattest ihn einige Male unauffällig und auch für längere Zeit beobachtet! Und ich bin sicher, dir ist wohl aufgefallen, was mich schon längere Zeit äußerst beunruhigt: Vincent wird schnell und schneller ein alter Mann!"

Sie kannten sich viele Jahre schon und Sigrid wusste, dass Emil, fing er an zu sprechen, dies ohne seine Hände nicht vermochte! Darum beließ sie ihre Hand auf seinem Unterarm, um ihm a priori zu vermitteln, dass er nicht eingreifen solle! Und wie sie soeben spüren konnte, war er auf dem Wege, seinen Arm zu erheben und ihr das Wort abzuschneiden!

„Lass es, Schatz, lass es einfach!" mahnte sie ihn und drückte erneut seinen Arm „Wir beide haben gemeinsam so viel in unserem Leben erfolgreich bewältigt! Und ich bin überzeugt, wir werden auch dieses Hindernis aus dem Weg räumen können! Aber ehe du jetzt versuchst, deine Bastion mit Zähnen und Klauen verteidigen zu müssen, wirst du mir ein Weilchen zuhören dürfen, ja?"

Sie hatte sich ihm ganz zugewandt, sah ihm in die Augen und erkannte, dass er in seinem tiefsten Inneren bereits auf dem Rückzug war! Sie setzte ein Lächeln auf, legte ihren Kopf schief und fuhr fort:

„Niemand auf dieser Welt hätte je voraussehen können, was unserem Sohn von irgendeiner

159

übernatürlichen Kraft da mitgegeben wurde! Aber wir haben es richtig erkannt: du hattest seine Kraft in bester Reaktion wirtschaftlich umgesetzt und ich dachte mir, unseren Sohn im Zuge seiner Wunderheilungen laufend und eingehend beobachten zu müssen! Und auch auf dem Rückflug von unserem arabischen Abenteuer, mein lieber Schatz, fielen mir wiederholt seine grauen Haare und diese vielen winzigen Fältchen in seinem Gesicht auf! Das ist ein Zeichen, Emil! Jawohl, ein Zeichen, dass da mit diesen Wunderkräften etwas nicht stimmt!" Sie hatte ihm während ihrer Feststellungen, ohne auch nur ein einziges Mal wegzuschauen, direkt in die Augen gesehen! Er hielt ihrem Blick stand und jetzt machte er keinerlei Anstalten, sie zu unterbrechen! „Es kostet ihm Kraft, Schatz, schrecklich viel Kraft von seiner so wichtigen Jugend! Und als er mir letztlich gestand, er sei müde, Emil, sein junger Körper hält das alles nicht mehr allzu lange aus, da entschloss ich," und jetzt fasste sie mit ihrer Rechten sanft sein Kinn, schüttelte seinen Kopf einige Male leicht hin und her und fuhr fort: „deshalb wird Vincent aufhören, verstehst du, aufhören mit diesen völlig abnormalen Wunderheilungen!"

Jetzt ließ sie ihn los, setzt sich wieder gerade hin und versuchte sich zu beruhigen: diese Rede hatte sie ganz schön mitgenommen! Sie blickte hinüber auf den ca. vier Kilometer entfernten, bewaldeten Höhenzug und wartete auf Emils Reaktion. Aber dieser rührte sich nicht, er schien gedanklich ganz weit weg zu sein und hatte seinen Blick unverwandt zu Boden gerichtet!

160

Plötzlich erhob er sich. Und Sigrid überfiel eine schreckliche Vision: würde er nicht mitspielen wollen, käme dies wohl einer klaren Kampfansage gleich! Ungewollt und wie resignierend fiel ihr Kopf langsam nach unten! Aber trotz Emils überraschender Reaktion stand ganz klar im Vordergrund ihrer aufgewühlten Gedanken: die absolute, unabdingbare Verteidigung der Gesundheit ihres Sohnes! Sie wusste: sie würde kämpfen wie eine Löwin und auch wenn ihre Ehe dabei kaputtgehen müsste! Jetzt richtete sie sich ganz auf und ihr Blick fiel auf ihren Mann, der nun vor ihr stehengeblieben war und sie wortlos anstarrte! Jetzt nickte er leicht, steckte seine Hände in die Hosentaschen, wippte auf den Zehenspitzen und sagte mit heiserer Stimme:

„Ich habe es sehr wohl bemerkt, Liebstes! Ja, diese schrecklichen Veränderungen an Vincent sind mir nicht entgangen und ich möchte dich gleich beruhigen: auch ich bin im Interesse der Gesundheit unseres Sohnes für ein Ende dieser Heilungen! Nur habe ich und werde ich immer das schlechte Gewissen haben müssen, vielen schwerkranken Menschen nicht mehr helfen zu dürfen, obwohl wir es noch könnten! Kannst du versuchen, mich zu verstehen, Sigrid?"

In ihr stieg mit einem Male ein unglaublich warmes Glücksgefühl hoch! Er hatte verstanden, jawohl, und er würde mit ihr alles durchstehen, so wie sie es im Innersten erhofft hatte! Und er hatte sie mit Sigrid angesprochen und dies tat er selten und nur dann, wenn er ein Thema wirklich und in höchstem Grade ernst meinte! Sie stand auf, umarmte ihn und meinte:

„Und? Als es noch keinen Vincent gab und keine Wunderheilungen? Was war da passiert? Sie sind gestorben, Schatz, weil die Natur oder der Zufall es so wollten! Und was meinst du, Liebling, wie es denn mit Vincent weitergehen würde, hätte er nicht diesen grausigen Verfall? Wir hätten nie wirklich Ruhe, alle Welt würde kontinuierlich in eine unnatürliche Hoffnung versetzt werden! Millionen und Abermillionen würden auf Vincents Hilfe warten! Aber nur ganz, ganz wenigen davon könnte er seine Wunderkraft zukommen lassen! Also wärst du immer, Tag für Tag, Woche für Woche und Jahr für Jahr damit belastet, einer Unzahl von Hoffnungssuchenden zu erklären, dass es für sie und ihre Hoffnungen eben keinen Platz geben könne!" Sie drückte ihn ganz fest an sich und er erwiderte ihre Umarmung! „Wir müssen einfach erkennen, Schatz," fuhr sie fort „dass diese Aliens mit ihrer übertragenen, aber nicht weitergedachten Kraft vielleicht doch einen großen Fehler begangen hatten! Unsere erste Devise, mein Schatz, muss ab sofort lauten: Vincent muss sich wieder erfangen können, er muss sein jugendliches Aussehen wiedergewinnen! Und deine wichtigste Aufgabe heißt nun: du musst alles abstellen, was kranken Menschen in aller Welt Hoffnung macht: also zuerst, so denke ich, musste du bei den Gazetten diese Spalten einstellen lassen, in denen sich hilfesuchende Kranke registrieren! Dann musste du die paar Termine, die du bereits vereinbart hattest, absagen, so weh dies auch tut!"

Sie hielten einander fest, sie blickte zu ihm auf, während sie die nächsten Schritte aufzählte.

162

Jetzt beugte er sich hinunter und küsste sie innig und lange! Sigrid konnte dieses Gefühl nicht beschreiben: es war wie das Auftauchen aus einem Meer, knapp, bevor der Luftvorrat zu Ende gegangen wäre! Sie war endlich, endlich von einer über längere Zeit bedrückenden Last befreit und sie wusste, mit ihrer intensiven Pflege und seelischen Unterstützung konnte ihr Vincent sein normales Aussehen wiedererlangen!

Klärung in der TV-Show

Das wirklich große Problem jedoch war nicht die offizielle Bekanntgabe über diverse Medien über das Ende der Wunderheilungen, nein! Das Problem waren die Medien selbst! Kaum war der erste Artikel über Vincents Rückzug erschienen, war alles an bis dato erfolgten Heilungen plötzlich nicht mehr wirklich interessant! Unverständlicherweise wurde der von aller Welt verehrte Wunderheiler Vincent Kopp der Scharlatanerie, der Hexenkunst und sonstiger okkulter Verfahrensweisen beschuldigt! Und wieso denn mussten für den Heilungsvorgang alle Personen, außer dem Kranken und dem Wunderheiler, den Raum verlassen? Die unverschämten Mutmaßungen gipfelten dann in dem Satz: *Und wieviel Kohle hatte dieser Wunderknabe an seinen Heilungen, welche ja nur maximal einige Minuten Zeit benötigten, eigentlich verdient?* Die Zeitungen überschlugen sich im Füllen ihrer Seiten in der Saure Gurken - Zeit mit Beschimpfungen, mit Anwürfen über Psycho-Terror bis hin zu reiner Geldmache!

Dies ging einige Zeit so fort, bis sich eines Tages die weltbekannte deutsche Talkmasterin des Senders *Wow!-TV,* Lilian Kettelmann, dazu entschlossen hatte, auf Grund der Aktualität dieses Themas den größeren Rahmen ihrer Show wie folgt zu nutzen: sie kündigte für ihre nächste Sendung Interviews mit drei von Vincent angeblich geheilten Menschen an! Umgehend hörten die Berichte in den Gazetten auf: schließlich wollte sich kein Redakteur in dieser doch heiklen

Angelegenheit in die Nesseln setzen! Und sollten diese Interviews wirklich ergeben, dass Vincent als Wunderheiler existiert und auch geheilt hatte, naja, dann war man eben leider Falschinformationen aufgesessen! Und außerdem verließ man sich in der Presse auf die uralte, immer wirksame Branchen-Weisheit: *Es gibt nichts Uninteressanteres als eine Zeitungsmeldung von gestern!*

Der Sendetermin war allgemein bekannt, die TV-Station hatte natürlich unverschämt hohe Preise für Werbe-Einschaltungen kurz vor der Sendung angesetzt und die halbe Welt fieberte diesen Interviews entgegen! Sofort nach dem Erscheinen des Signets kam Frau Kettelmann ins Bild: eine attraktive, vollschlanke Mitvierzigerin mit wallendem, brünettem Haar, großen dunklen Augen, einer Stupsnase und einem breiten Mund, der eine Reihe strahlend weißer, makelloser Zähne zeigte!

„Einen wunderschönen Abend hier bei uns, bei *Wow!-TV!* wünsche ich Ihnen, sehr verehrte Zuseher!" begann Lilian Kettelmann ihr gewohntes Intro „Entgegen unserem Standard-Ablauf, mit dem ich üblicherweise kurz auf die letzte Sendung zurückblicke, werden wir heute unsere Sendezeit dazu nützen, um die ganz besondere Geschichte eines wirklichen Wunderheilers mit Namen Vincent Kopp aus Österreich zu behandeln! Laut Medien hatte der junge Mann bereits etliche unglaubliche Heilungen vollbracht und niemand, weder die Wissenschaft noch die Kirche konnten bis dato fundierte Erklärungen dazu finden!"

Sie wandte sich nun von der Kamera ab und nahm auf der Zweierbank der großen, für die Interviews vorgesehenen Sitzgruppe Platz. Sie stützte ihre Arme beidseitig auf der Bank ab und einige Sekunden lang konzentrierte sie sich auf die Notizen auf einem A5-Schreibblock, der vor ihr auf der getönten Glasplatte des Couchtisches lag. „Ich werde Sie nicht lange auf die Folter spannen, liebe Zuseher: dieser Wunder-Junge - ich hoffe, ich trete ihm mit dieser Bezeichnung nicht zu nahe - hatte vor kurzem das Ende seiner Heilungs-Laufbahn angekündigt. Aus rein gesundheitlichen Gründen, wie es hieß. Daraufhin begannen, für mich eigentlich unverständlich, die meisten Medien ganz, ganz schlecht über ihn und seine Heilungen zu schreiben! Was ich persönlich für äußerst armselig bezeichnen darf!"

Nur eine Lilian Kettelmann durfte sich solch einen Anwurf an die Medien erlauben! Sie wusste genau, was und was nicht sie sich leisten konnte! Und wie man wusste, fuhr Frau Kettelmann im Zuge ihrer Interviews zumeist mit Geschützen auf, die ihre ja speziell ausgewählten, schuldigen Interviewpartner coram publico in Grund und Boden schießen konnten!

„Und weil mir diese Gemeinheiten einfach nicht passen, haben wir für diese Sendung einige der von Vincent Kopp geheilten Menschen eingeladen, um nach ihren Aussagen urteilen zu können, was es mit diesen Wunderheilungen wirklich auf sich hatte!" Jetzt blickte sie nach rechts zur Bühnenseite, wo ihr einer der Kameramänner die Faust mit dem erhobenen Daumen zeigte: „Naja, das wollten wir aber schon auch wissen, liebe Fernsehzuseher: soeben haben die Einschaltquoten unserer heutigen Sendung die eine Milliarde übersprungen!"

Sofort kam großer Applaus von den Studiogästen! Liane erhob sich nun und winkte kurz nach links hinter die Begrenzungswand des Studios. Sogleich erschien mit etwas zögerlichem Schritt eine ca. 30-jährige Frau mit schlankem Körperbau, mit hinten zusammengebundenen, blonden Haaren und einem eher grob geschnittenen Gesicht. An ihrer Rechten führte sie ein etwa zwölfjähriges Mädchen mit schulterlangem, brünettem Haar. Links führte sie ein vielleicht achtjähriges blondes Mädchen, das wiederum an ihrer Linken einen fünf- bis sechsjährigen Jungen mit Igelschnitt, dunklem Haar und riesengroßen, dunklen Augen hereinführte! Alle drei Kinder waren adrett gekleidet und ordentlich frisiert!

Liliane ging mit gewinnendem Lächeln auf die natürlich noch unsicher um sich blickende Familie zu, breitete die Arme aus und rief:

„Nur immer hereinspaziert, Frau Baumann, hereinspaziert! Kommen Sie und setzen Sie sich alle vier hierher zu mir, ich beiße nicht!"

Dazu lachte sie kurz auf und schon wirkte Frau Baumann etwas gelöster! Nachdem sie Platz genommen hatten, wurden Fruchtsaft und Selters serviert, alles war natürlich bereits vorab besprochen worden! Nun begann Liliane den üblichen Small-Talk, fragte die Kinder nach ihren Namen, stellte ihnen leicht zu beantwortende Fragen und gleich wirkten alle vier um einiges lockerer!

Jetzt wandte sich Frau Kettelmann um und sprach in die Kamera:

„Zu diesen heute präsentierten Fällen, sehr verehrte Zuseher, haben unsere Redakteure natürlich peinlich genau recherchiert und sämtliche medizinischen Beweise liegen auf!" Nun wandte Lilian sich wieder ihrem Studio-Gast zu: „Also, Frau Baumann, Sie sind eines der von Vincent geheilten Unfallopfer?" Frau Baumann nickte kurz. „Und würden Sie so nett sein und unseren Gästen hier im Studio und den Zusehern an den TV-Geräten kurz erzählen, wie Sie zu dieser Verletzung kamen?"

„Also," begann Frau Baumann zögernd „das war ja so: ich war zu Fuß auf dem Heimweg, es regnete sehr stark und außerdem lag schrecklicher Nebel in den Straßen, sodass man seine Hand nicht vor den Augen sehen konnte!" Sie hielt inne, wie um sich diese schrecklichen Bilder nochmals vor Augen führen zu können! „Ich war nicht einmal zu schnell unterwegs, aber natürlich schon mit flottem Schritt, als ich plötzlich ins Nichts trat! Das war so schrecklich, ich kann das gar nicht richtig beschreiben! Ich fiel in eine überhaupt nicht gesicherte Baugrube, aber obwohl der Boden noch nicht hart gestampft und durch den Regen etwas aufgeweicht war, fiel ich derart unglücklich, dass ich mich nach dem Aufschlagen überhaupt nicht bewegen konnte! Es war so furchtbar, ich…" sie musste unterbrechen, Frau Kettelmann rührte sich nicht und ließ alles so laufen „…ich schrie aus vollem Hals, der Regen prasselte auf mich nieder, mir wurde sehr kalt und ich befürchtete, wenn mich hier keiner

168

finden konnte, würde ich erfrieren oder sonstwie sterben! Und meine drei Kleinen warteten daheim auf..." wieder unterbrach sie sich, entnahm ihrer Handtasche ein Papiertaschentuch und trocknete sich die tränennassen Augen und Wangen, während ihre Kleinen sie besorgt beobachteten! Lilian war ein Profi der Extraklasse! Wortlos beugte sie sich kurz vor und schob Frau Baumann das Glas mit dem Fruchtsaft hin. Diese nahm einen Schluck, sah die Talkmasterin dankbar an und fuhr fort:

„Niemand kann solch ein Erlebnis nachfühlen, Frau Kettelmann, glauben Sie mir! Ich schrie mir die Seele aus dem Leib, aber ich hatte das Gefühl, dieser starke Regen übertönte meine Hilferufe! Und plötzlich hörte ich eine Kinderstimme rufen: *Hey, was ist denn passiert?* Tja, und so konnte ich gerettet werden! Aber im Krankenhaus wurde mir schon am nächsten Morgen mitgeteilt, dass ich mir mit diesem Sturz das Rückgrat gebrochen hätte! Und eine Heilung gäbe es nicht! Mir bliebe einzig und allein der Rollstuhl!"

Jetzt stoppte sie abermals, aber sie weinte nicht mehr! Sie hatte einen harten Zug um den Mund bekommen, sie atmete ein paar Mal tief aus und ein und meinte:

„Drei kleine Kinder, Frau Kettelmann, sie waren ja noch so hilflos! Aber Lena, meine damals zehnjährige Tochter, hatte mich mit großer Verantwortung und Liebe unterstützt! Immer wieder sagte sie, dass alles wieder gut werden könne, man müsse nur daran glauben!"

Jetzt konnte man spüren, sie brauchte eine Pause und Lilian reagierte gelassen:

„Wissen Sie, Frau Baumann, wir hatten doch schon viele ähnlich gelagerte Fälle hier in unserer Sendung! Und ich darf sagen, beinahe immer konnten unsere Gäste mit einem großen Stück an Hoffnung und Zuversicht das Studio verlassen! Aber heute Abend, Frau Baumann, heute haben wir das große Glück, unseren Studiogästen und unserem TV-Publikum ein vollständig wiederhergestelltes Unfallopfer vorstellen zu dürfen! Also, ich schlage vor, natürlich nur, wenn Sie sich ein wenig erholt haben, Frau Baumann: wie lief denn das dann ab mit dem jungen Wunderheiler, diesem…Vincent?"

Jetzt erschien ein wunderbares, ein dankbares Lächeln auf Frau Baumanns Gesicht!

„Was gäbe ich, könnte ich dieses Gefühl richtig beschreiben, Frau Kettelmann! Es war ein Nachmittag, ich saß im Wohnzimmer im Rollstuhl und studierte ein Magazin, fragen Sie bitte nicht, welches, aber es war ganz sicher ein Gesundheits-Heft! Ich hörte das Telefon, meine Lena nahm das Gespräch an und brachte mir kurz danach das Telefon herüber! Eine junge Männerstimme meldete sich und es stellte sich dieser schon weltbekannte Wunderheiler Vincent Kopp vor! Also, ich kürze das Ganze jetzt ein wenig ab: er fragte, ob ich bereit sei, mich von meiner Querschnittlähmung heilen zu lassen? Ich meinte, nicht richtig zu hören! Ich fragte ihn wiederholt, ob das alles wirklich ernst gemeint sei: diese Sache wäre nämlich gar nicht zum Spaßen, aber er bestätigte geduldig mit angenehmem, ruhigem

Ton in der Stimme, dass er mich gesund machen wolle!"

„Und natürlich haben Sie zugesagt?" fragte Lilian.

„Aber natürlich! Und er meinte, er würde in Kürze zu uns nach Hause kommen!"

Sie war etwas aufgeregt, so als wollte Vincent eben bei der Türe hereinkommen! Lilian legte zärtlich ihre Hand auf Frau Baumanns Arm und sagte nach einer kurzen, wirkungsvollen Pause:

„Und nun, Frau Baumann, nun möchten wir alle gerne wissen: was hatte sich zwischen Ihnen und Vincent abgespielt? Aber," setzte sie schnell hinzu „...Sie müssen das nicht erzählen, wenn Sie nicht wollen! Denn dass Sie geheilt wurden, das können hier und heute Millionen Menschen ja sehen!"

Frau Baumann wehrte kurz mit beiden erhobenen Händen ab und begann:

„Zuerst hatte er Lena aus dem Zimmer geschickt. Dann half er mir unter großer Anstrengung aus dem Rollstuhl hinüber auf das Sofa! Dort lag ich dann und er legte zuerst seine Hände auf meine Stirn. Ich hatte das Gefühl, dass er nicht sicher war, ob das helfen könnte! Danach berührte er meine Schulter, aber auch hier dürfte er nicht zufrieden gewesen sein! Danach zog er mein Nachthemd hoch und legte mir zuerst eine Hand auf meinen Bauchnabel! Danach für eine ganze Weile auf den Handrücken seine andere Hand darauf! Das nehme ich an, denn da war ich schon eingeschlafen! Und als ich aufgewacht war, also, das ...kann ich nicht beschreiben...ich war gesund! Gesund, Frau Kettelmann, völlig geheilt! Ich hatte weder Schmerzen noch Einschränkungen in der Bewegung und konnte alleine vom Sofa aufstehen!"

Sie stockte und jetzt schossen ihr erneut die Tränen über die Wangen, aber es waren Freudentränen und man durfte sicher sein, dass in diesem Moment Hunderttausende an den TV-Geräten ihre Rührung ebenso nicht verbergen konnten! Lilian klatschte Beifall, in den sämtliche Studiogäste sofort einfielen! Aber die Talk-Masterin hatte noch eine die Öffentlichkeit doch sehr interessierende Frage:

„Frau Baumann: dürfen wir erfahren, ob und wieviel Sie diesem Vincent Kopp für seine unglaubliche Hilfe bezahlen mussten?"

Frau Baumann legte ihren Kopf schief, sah Frau Kettelmann ruhig an und erwiderte:

„Nichts, Frau Kettelmann, gar nichts hat er verlangt! Er schien glücklich zu sein, dass er mir helfen konnte, verabschiedete sich und war gleich dahin! Und natürlich…" jetzt blickte sie direkt in die Kamera „…natürlich soll ich diesem Vincent, auch im Namen meiner drei Kinder, meinen ganz, ganz großen Dank übermitteln! Darf ich das?"

Lilian nahm Frau Baumanns Hände in die ihren, drückte sie und rief freudig:

„Aber natürlich dürfen Sie das! Wunderbar, Frau Baumann, wunderbar! Und wir alle danken Ihnen, dass Sie heute zu uns gekommen waren, um uns zu helfen, den Namen unseres Wunderknaben reinwaschen zu können! Aber…" und jetzt hob sie den Zeigefinger ihrer Linken hoch und fügte hinzu: „…ich habe für heute Abend,

172

wie bereits angekündigt, noch einen geheilten Menschen eingeladen und hier ist er: begrüßen Sie mit mir Fräulein Odette Najas!"

Damit erhob sie sich und wandte sich nach rechts, wo der neue Gast nun auftrat! Odette Najas trug blonde Haare im Igelschnitt, hatte ein jugendliches, offenes, breites Gesicht und ihre blauen Augen schauten neugierig in die Runde! Sie wirkte überhaupt nicht nervös oder gehemmt und winkte Lilian, Frau Baumann, den Kindern und auch dem Studiopublikum mit der Linken fröhlich zu! Sie wurde von Lilian begrüßt und nahm neben Frau Baumann, die sie mit einem freundlichen, kurzen Nicken ebenfalls begrüßte, Platz.

„Guten Abend, Fräulein Odette…wir hatten vereinbart, dass ich Sie mit Ihrem Vornamen ansprechen darf?" Odette nickte zustimmend und Lilian ging sofort in medias res:

„Odette, zuerst unseren großen Dank, dass Sie unsere Einladung angenommen hatten! Noch mehr als wir alle hier wissen Sie, wie wichtig dieser Abend für den Wunderknaben Vincent ist, oder?" Odette nickte zustimmend. „Sie wurden damals von Ihrem Lebensgefährten verfolgt und auf dem Bahnsteig der U-Bahnstation Regner Platz hatte er Sie noch auf dem Bahnsteig eingeholt und in den Rücken geschossen! Zuvor aber hatten Sie die für Sie wohl schicksalhafte Begegnung mit Vincent Kopp, richtig?" Lilian verschwendete keine Minute mit herum- oder schönreden: sie wusste, wie kostbar ihre Sendezeit war und nützte diese bis zum Allerletzten aus! Odette hatte Lilians kurzem Rückblick zugestimmt und

173

nun ersuchte Lilian sie um eine kurze Schilderung des genauen Ablaufes dieses schrecklichen Vorfalles! Odette nickte und sie benötigte nur ein paar Sekunden, um sich alles wieder in Erinnerung zu rufen:

„Mein Freund und ich, wir hatten Streit, aber das war kein normaler Streit, es ging eigentlich, wie das bei vielen Männern ja leider so ist, um seine Ehre: ich hatte ihm nämlich erklärt, dass ich es ein für alle Mal satt hatte, ihm seine laufenden Seitensprünge zu verzeihen! Und dass ich Schluss machen würde und dass er sich schleunigst aus meiner Wohnung, in der er sich fix eingenistet hatte, ausziehen solle! Er bekam einen Wutanfall, er drohte mir, mich umzubringen und rannte hinunter zu seinem Wagen, wo er immer einen Revolver mitführte!" Odette sprach langsam, emotionslos und ihre Augen waren wie zum Ablesen eines Textes auf einen fernen Punkt gerichtet! „Ich bekam schreckliche Angst, ich kannte ihn natürlich und befürchtete, er könnte seine Drohung wahr machen! Sofort, nachdem er die Wohnung verlassen hatte, nahm ich meinen Shopper und lief die Treppe hinunter, da ich überzeugt war, er würde mit dem Lift hochfahren! Aber ich hatte mich getäuscht: er hatte ebenso wie ich gedacht und ich begegnete ihm auf dem Treppenabsatz zwischen erstem und zweitem Stockwerk! Er versuchte, mich festzuhalten, ich riss mich los, er holte mich ein und schrie: „Lebend kommst du Schlampe hier nicht heraus!" Odette unterbrach sich, blickte mit großen Augen ins Publikum und fragte laut: „Der hatte mich doch glatt eine Schlampe genannt?

174

Gerade er, der Herr Oberschürzenjäger?" Abrupt gab es Beifall aus dem Publikum! Dazu lachte sie kurz auf, wurde jedoch gleich wieder ernst und erzählte weiter: „Ich weiß bis heute nicht genau, wie es mir gelungen war, aber aus einer eigenartigen Drehung im Zuge unseres Kampfes stolperte er und stürzte einen ganzen Treppenabsatz hinunter und blieb dort leicht benommen liegen! Diese Gelegenheit konnte ich nützen und rannte an ihm vorbei aus dem Haus! Instinktiv wandte ich mich in Richtung U-Bahn-Station, da ich annehmen durfte, im Gedränge der Fahrgäste untertauchen zu können! Ich rannte wie verrückt, erreichte die Station und lief, so schnell ich es eben mit meinen hohen Absätzen konnte, die Stufen zum Bahnsteig hinunter! Dort unten angekommen, erkannte ich, dass es da überhaupt nicht viele Menschen gab! Ich lief auf den Bahnsteig, auf einer der Wartebänke saß ein junger Mann! Ich lief auf ihn zu und rief um Hilfe! Er reagierte sofort, nahm mich am Arm und lief mit mir Richtung Tunnel: dabei erklärte er mir, dass ich dort vor meinem Verfolger noch am sichersten sei! Aber kaum waren wir einige Meter weit gekommen, als ich den Schuss hörte, den Einschlag spürte und zusammenbrach…!"

Er war mäuschenstill im Studio. Lilian ließ alle Erzählte einsickern und dann meinte sie leise:

„Und, liebe Odette, konnten Sie noch irgendwelche Berührungen, Handlungen an sich verspüren? Ich meine, konnten Sie mitbekommen, was genau Vincent an Ihnen vornahm?"

„Das Einzige," antwortete Odette trocken „das ich mitbekommen hatte war, dass ich plötz-

175

lich wieder zu mir gekommen war, mich aufsetzte und die Martinshörner der Einsatzwägen vernehmen konnte! Und zugleich drückte mir der junge Mann, der mich zum Tunnel bringen wollte, etwas in die Hand, stand auf und entfernte sich! Und was ich in der Hand hielt, das war das Geschoß, das mir in den Rücken eingedrungen war!" Sie dachte mit gerunzelter Stirn nach und meinte noch: „Ich war…also…ich war wirklich unverletzt, jawohl, überhaupt nicht zu Schaden gekommen! Eines weiß ich mit Sicherheit: dieser Vincent hatte mir das Leben gerettet! Und dafür möchte ich ihm hier und heute recht herzlich danken!"

Wieder war es ganz still im Studio, als Lilian fragte:

„Und, liebe Odette, was unsere Zuseher sicherlich gerne noch wissen möchten: was passierte denn mit Ihrem eifersüchtigen Freund?"

„Natürlich wurde er verhaftet und er bekam 25 Jahre aufgebrummt! Sein Anwalt wollte auf Totschlag im Affekt plädieren, aber der Richter sah dies etwas anders! Das war kein Affekt: mein Freund lief bewusst hinunter zum Auto, um die Waffe zu holen! Und aufgrund seiner ausgesprochenen Drohung, mich umbringen zu wollen, war das ein klarer Mordversuch!"

Lilian begann, langsam und leise zu applaudieren und das Publikum stimmt sofort ein! Nachdem der Beifall abgeklungen war, griff Lilian nach dem Hand-Mikrophon, erhob sich und teilte dem Publikum mit:

„Das, verehrte Zuseher, waren nun zwei Fälle von Wunderheilungen und daran kann man nicht rütteln! Aber wir wollen zur absoluten Sicherheit noch jemand befragen, den ich für heute geladen hatte: es ist der Fall eines Bauern aus Salzburg, der sich beim Schweineschlachten schwer verletzt hatte: begrüßen Sie mit mir jetzt Herrn Andreas Stiller und seine Gattin, Anna Maria!"

Gleichzeitig gab sie einen Wink nach hinten, wo aus der Kulisse nun die beiden auf das Podium traten! Anna Maria war anfangs strikt gegen diesen TV-Auftritt gewesen, aber Andreas konnte sie überzeugen: ohne diesen Jungen wäre er höchstwahrscheinlich heute nicht mehr am Leben und man sollte ihm doch offiziell danken dürfen, oder?

Beide waren in adretter Trachtenkleidung gekommen. Mit ihrem sonnengegerbten Gesicht und ihren intensiv blauen Augen machte Anna Stiller einen sympathischen Eindruck! Ihr Gatte Andreas, groß und breitschultrig, vermittelte mit seinem kantigen Gesicht und mit ehrlichen, großen, dunklen Augen ein angenehmes und korrektes Gefühl beim Publikum! Lilian bat beide nun, neben Odette Platz zu nehmen. Sie wartete erfahrungsgemäß, bis sich die erste Aufregung gelegt hatte, legte ihre Hände in den Schoß und begann das Interview:

„Liebe Familie Stiller! Danke, dass Sie unserer Einladung Folge geleistet haben! Was uns alle hier und auch die vielen Menschen an den Fernsehgeräten sehr interessiert ist, wie Ihre wundersame Heilung - oder darf man sagen: Rettung? - damals abgelaufen war?"

177

Im ersten Moment wussten beide Stillers nicht, wer beginnen sollte! Lilian reagiert schnell und deutete auf Anna Maria:

„Bitte, liebe Anna-Maria! Beginnen Sie doch einfach zu erzählen!"

Diese rückte ein wenig nervös auf ihrem Platz hin und her, blickte ihren Andreas kurz von der Seite an und begann:

„Also ja…ich war damals in der Küche mit Putzarbeiten beschäftigt, während der Andy draußen die geschlachtete Sau zerlegen wollte. Das war für ihn immer ein ganz normaler Ablauf, also eine, sagen wir, Alltagsarbeit gewesen, ja? Und als ich gerade frisches, heißes Wasser in einen Eimer laufen ließ, hörte ich Andy rufen! Im ersten Moment war ich doch unsicher, was er denn während dem Zerlegen von mir wollen könnte? Aber er rief und rief und da ahnte ich schon, etwas könnte doch nicht stimmen! Sofort rannte ich hinüber in den Schupfen und dort lag Andy und hielt beide Hände auf seinen Bauch gedrückt! Blut quoll unter seinen Händen hervor und er atmete schwer! Das blutige Messer lag auf dem Boden neben dem Zerlege-Tisch! Ich rannte in die Küche, holte einige saubere Tücher, die ich zuvor noch in den Eimer mit heißem Wasser getaucht hatte! Ich kam zurück, nahm seine Hände, schob sie zur Seite und wollte die Tücher auf die Wunde drücken, aber das Blut schoss heraus und ich wusste: hier musste schnellstens ein Arzt her! Also rannte ich hinaus auf den Hof und schrie so laut ich nur konnte, um Hilfe!"

„Und?" unterbrach Lilian sie „Hatten ihre Hilferufe Erfolg?"

178

„Aber ja!" nickte Anna Maria eifrig „Da kam einer der Jungs, die sich öfters, soweit ich weiß, beim Fassbinder drüben in der Werkstatt aufhalten, herübergelaufen! Er rannte an mir vorbei, hinein in die Stube, wohin sich mein verletzter Mann mit letzter Kraft geschleppt hatte! Er lag auf der Ofenbank und drückte noch immer seine beiden Hände auf den Bauch! Ich war natürlich mit hineingelaufen, stand vor Andy und war verzweifelt! Da schob mich doch der Junge sanft, aber beharrlich weg und kniete vor meinem Mann nieder. Dann nahm er Andys Hände, schob sie zur Seite und zog vorsichtig das Hemd hoch, bis die Wunde frei zu sehen war!"

„Entschuldigen Sie, liebe Anna Maria," unterbrach Lilian sie kurz „Konnten Sie an dem Jungen irgend ein Instrument, oder ein anderes medizinisches Utensil bemerken?"

Heftig schüttelte Anna-Maria den Kopf:

„Aber nein, Frau Kettelmann! Er hatte überhaupt nichts bei sich! Dann legte er plötzlich seine rechte Hand auf die stark blutende Wunde, gleich danach auf den Handrücken seine linke Hand und begann, vorsichtig, aber doch mit Nachdruck, vielleicht eine halbe Minute lang auf die Wunde zu drücken! Dann stand er auf, sah mich an und meinte leise, dass alles in Ordnung sei. Daraufhin verließ er das Haus! Gleich danach erschien Dr. Behrens, der Andreas untersuchte, aber keinerlei Verletzung feststellen konnte!"

„Heißt das jetzt, liebe Anna-Maria, wir haben sogar einen Mediziner, der Ihre Angaben bestätigen kann?"

„Na, freilich!" rief Anna-Maria

179

„Sehen Sie, liebe Familie Stiller, natürlich hatten wir daran gedacht und Herrn Dr. Adolf Behrens heute Abend zu uns eingeladen!"

Damit winkte sie nach hinten und gleich darauf betrat Dr. Behrens das Podium! Dieser war mittelgroß, hatte schütteres, blondes Haar und trug eine randlose Brille auf seiner viel zu großen Nase. Er war mit einem dunkelgrauen Anzug, blauem Hemd und grau in grau gemusterter Krawatte bekleidet. Lilian hatte sich erhoben, begrüßte den Arzt und bat ihn, neben dem Ehepaar Stiller Platz zu nehmen. Dann hob sie den Zeigefinger ihrer rechten Hand wie ein Lehrer und sprach laut und deutlich:

„Was Sie alle, sehr verehrte TV-Zuscher und auch wertes Studio-Publikum, nun hören werden, wird Sie ebenso verblüffen, wie es auch unseren heute hier anwesenden Mediziner verblüfft hatte! Bitte sehr, Herr Dr. Behrens!"

Dieser räusperte sich kurz, richtete sich symbolisch die Krawatte zurecht und begann:

„Ich brauche wohl nicht mehr zu erzählen, wie das alles gekommen war, oder?" Lilian nickte bestätigend dazu und er fuhr fort: „Ich hatte Herrn Stiller sofort untersucht, aber das war wie ein schlechter Traum, wie ein schwaches Märchen: ich konnte keine Wunde finden! Alles war voll mit Blut, aber Andreas - pardon - Herr Stiller saß aufrecht auf der Ofenbank und sagte zu mir, so als ob nichts gewesen wäre:

„Gö, Dolfi, do wirst jetztn nix verdienen können, oder?"

180

Lautes Gelächter im Saal war die Folge und auch Lilian konnte ein Lächeln nicht unterdrücken! Dr. Behrens nickte dazu und meinte noch:

„Und das darf ich jetzt schon vorausschicken: Andreas wurde mit allen nur erdenklichen medizinisch-technischen Geräten genauestens untersucht! Aber außer ein paar winzigen Narben, sowohl auf der Haut als auch in seinem Körper, eben genau dort, wo ein invasiver Eingriff mit einem Messer hätte Verletzungen produzieren sollen, konnten keine solchen erkannt werden!"

Ein Raunen ging durch den Saal! Lilian ließ das alles wirken, nahm wieder das Hand-Mikrofon und erhob sich. Sie wollte abschließen, als sie von der Regie informiert wurde, dass es aus dem arabischen Raum eine wichtige Nachricht für diese Sendung geben würde! Der Anrufer sei in der Leitung und man könne seine Nachricht über die Tonanlage des Studios gleich mithören! Natürlich nickte Lilian und gab dem Publikum bekannt:

„Verehrtes Publikum! Soeben erfahren wir, dass jemand aus dem Ausland einige Worte zu unserem Thema sagen möchte! Wir schalten jetzt durch!"

Damit gab sie mit erhobenem Daumen das Zeichen zur Durchschaltung!

„Guten Abend, sehr geehrte Damen und Herren!" meldete sich eine dunkle, angenehm weiche Stimme „Ich bin von unserem Herrn, Sultan Arif al Sharah, beauftragt, Ihnen mitzuteilen, dass Vincent Kopp auch hier in unserem Sultanat vier schwerstkranke Regierungsmitglieder auf wundersame Weise heilen konnte! Zusätzlich konnte er einen jungen Mann, der durch

181

einen Unfall sein Augenlicht verloren hatte, wieder sehend machen! Und er hatte weder chirurgische Instrumente, noch Narkosemittel oder sonstige medizinische Utensilien dazu benötigt! Die Heilungen sind gänzlich abgeschlossen, die Patienten sind top-gesund und wir möchten Herrn Vincent Kopp bei dieser Gelegenheit nochmals für seine großartige Unterstützung danken! Allah ist groß!"

Damit war die Leitung stumm und es herrschte noch einige Sekunden eine irgendwie bedrückende Stille im Studio! Lilian war sehr zufrieden mit dem Ergebnis dieser in ihrer tollen Karriere wohl wichtigsten Sendung! Für sie war alles wunderbar abgelaufen und sie verabschiedete ihre Gäste:

„Das, sehr verehrtes Publikum, waren einige eindeutige Aussagen bzw. klare Beweise für die wunderbare Gabe dieses Vincent Kopp! Und ich darf mit einigem Stolz verkünden, dass sich die Zuseheranzahl zwischenzeitlich auf knapp 1,5 Milliarden erhöht hat!" Und sofort kam aus dem Zuseherraum Riesenapplaus! „Ich danke unseren Gästen hier im Studio und an den Fernsehgeräten zu Hause, dass sie sich für diesen Abend Zeit genommen hatten! Um endgültig zu belegen, dass es die von den Medien so hässlich verrissenen Heilungen durch den Jungen Vincent Kopp auch wirklich gegeben hatte! Ich danke auch unserem Publikum, sowohl hier im Studio als auch an den TV-Geräten zuhause, dass Sie mit dabei waren! Ich wünsche Ihnen allen noch einen schönen Abend und...bis zum nächsten Mal bei *Wow-TV!* Tschüßchen!"

Mit dieser in alle Welt ausgestrahlten Sendung war es weltweit geklärt: es hatte diese Wunderheilungen wirklich gegeben, aber das Problem wurde durch Lilian Kettelmanns Sendung noch größer! Jetzt wollten noch tausende und hunderttausende Kranke von Vincent geheilt werden! Und es brauchte noch ein weiteres halbes Jahr, bis die Anfragen endlich verstummten, nachdem man in vielen Aussendungen und unzähligen Nachrichten über alle Medien verlauten hatte lassen, dass diese Wunderheilungen aus rein gesundheitlichen Gründen nicht mehr stattfinden könnten! Noch längere Zeit hindurch hörten einige profilierungssüchtige Redakteure nicht damit auf, zu fragen:

„Was heißt hier aus rein gesundheitlichen Gründen, he? Also, was ist's jetzt mit diesem Wunderburschen? Er heilt alle Welt und kann sich selbst nicht heilen? Gibt es da vielleicht Interessenskollisionen mit den Ärzten, mit den Gesundheitssystemen oder gar mit der Politik, wie?"

Aber die Familie Kopp tat das einzig Richtige: sie beachtete diese dummen Kommentare einfach nicht, ließ alle gegen sie gerichteten Anwürfe abprallen und siehe da: bald waren auch die letzten Parade-Zweifler ruhig gestellt! Und Vincent erholte sich zusehends! Die beunruhigenden Fältchen im Gesicht und am Hals sowie die grauen Haare verschwanden langsam gänzlich und auch seine Augen bekamen wieder ihren jugendlichen Glanz!

Vincents Dilemma

Aber in Vincents Kopf tobte immer, wenn er seinen *BOING* bekam, ein schrecklicher Kampf: er war doch ein vom Schicksal ausersehener Retter, oder nicht? Und er könnte heilen, er war befähigt, hoffnungslosen Menschen neuen Mut und eine neue Chance für ein normales Dasein zu geben! Und als es ihm wieder einmal während einer dieser Phasen gar nicht gut ging, setzte er sich zu Mami in die Küche an den Tisch, wo sie saß und eine Einkaufsliste schrieb.

„Na, mein Goldschatz?" lächelte sie ihn an und strich ihm zärtlich übers Haar „Ich sehe, du kämpfst wieder einmal mit deinem speziellen Freund, oder?"

Vincent nickte und meinte:

„Ich bin euch ja so dankbar, Mami, dir und Papa, dass ihr mich aus diesem furchtbaren Stress herausgeholt hattet! Ich kann es ja selbst sehen, wie sich mein Aussehen seitdem drastisch verbessert hat! Aber…" jetzt stockte er, stützte die Ellenbogen auf der Tischplatte auf, legte sein Kinn in die Hände und saß nur mit geschlossenen Augen da! Sigrid hatte sofort und auch mit Sorge erkannt, worum es ihrem Sohn ging!

„Mein Junge!" sagte sie mit sanfter Stimme und strich ihm weiter übers Haar „So wie ich das jetzt ganz stark spüre…du möchtest wieder heilen, nicht?"

Er drehte sich sofort zu ihr hin, umschlang sie mit beiden Armen und flüsterte ihr ins Ohr:

„Du bist die beste Mami auf der ganzen Welt! Du erkennst so viel, du weißt schon alles, lange bevor ich dich um etwas bitten kann!"

Er küsste sie auf die Wange und setzte sich mit verschränkten Beinen jetzt so auf die Bank, dass er sie direkt ansehen konnte:

„Ich weiß, dass du und Papa euch große Sorgen wegen meiner Gesundheit macht! Aber ich habe einen Vorschlag, Mami, den hör dir bitte ganz an und danach sprechen wir alles durch, ok?"

Sie saß nun ebenfalls möglichst weit zu ihm hingedreht, sah ihm in die Augen und er hielt ihrem Blick stand!

„Ich möchte, Mami, wenn ich meinen *BOING* spüre, helfen! Und ich weiß auch, dass dies für meine Gesundheit gefährlich sein kann! Aber mein Vorschlag lautet: pro *BOING* gibt es maximal eine Heilung! Und nicht mehr, Mami! Und wir beobachten mich ganz genau und können im Falle einer negativen Veränderung sofort wieder mit den Heilungen aufhören!"

Er blickte sie jetzt bittend an, hielt seinen Kopf schief und sagte noch leise, indem er jedes seiner Worte mit den Händen unterstrich:

„Und ich kann heilen, Mami, heilen! Aber ich möchte nicht, dass wir wieder Geld dafür nehmen! Ich denke, meine Gabe ist doch gottgegeben und ebenso müssen wir es weitergeben an die bedürftigen Menschen, nicht? Und wenn es pro Jahr nur ein paar Heilungen sind, die ich durchziehen kann, dann…dann wäre das doch eine wirklich große Sache, was meinst du?"

185

Sigrid sah ihn lange an, nahm sein Gesicht in beide Hände, streichelte dann seine Wangen und meinte:

„Ich verstehe dich, mein Goldschatz: ich verstehe alles! Und ich denke, wir sollten heute Abend mit Papa darüber sprechen, einverstanden?" Sie unterbrach sich, schloss einige Sekunden lang ihre Augen und fuhr fort: „Ich finde deine Idee mit den kostenlosen Heilungen großartig, Junge!"

Abends nach dem Essen fand man sich im Wohnzimmer ein und Papa wurde über Vincents Vorhaben informiert. Nach einigem Hin und Her stimmte Emil zu, wandte jedoch ein:

„Wir alle hatten doch damals, wie wir uns leider erinnern dürfen, schwere Zeiten mit den Medien! Niemand darf also von den geplanten Heilungen erfahren, wirklich niemand! Wir können die Kranken, denen Vincent helfen möchte, gemeinsam auswählen! Aber wir müssen sie verpflichten - und das müssen sie schriftlich garantieren - , niemandem vom Grund ihrer Genesung zu erzählen! Und sogar im Familienkreis dürfen sie kein Wort darüber verlieren! Wenn sie dann von ihren Verwandten gefragt werden, wieso sie plötzlich wieder gesund geworden sind, sollen sie erzählen, was sie wollen! Aber Vincents Heilung darf nie erwähnt werden! Können wir so verbleiben?"

Vincent war überglücklich! Es war ihm bewusst, dass er genügend hilfsbedürftige Kranke finden könnte! Und dass er deren Familien mit seinen Heilungen ebenfalls neue Hoffnung schenken konnte!

186

Ein ganz besonders schwerer Fall

Schon am nächsten Morgen beim Frühstück legte ihm Papa einen Zeitungsausschnitt hin: ein Stahlarbeiter, verheiratet und Vater von fünf Kindern, war nach einem Arbeitsunfall in der Gießerei mit schwersten Verbrennungen eingeliefert worden und lag zur Zeit auf der Intensivstation der Hautklinik! Und schon hatte man einen Plan ausgearbeitet: Sigrid würde ins Krankenhaus fahren, sich dort als Arbeitskollegin ausgeben und sich erkundigen, wieviel Zeit der Mann eigentlich noch zu leben hätte!

Gesagt, getan! Sigrid hatte über eine im selben Werk arbeitende Bekannte Namen und Adresse des Verletzten ausfindig machen können! Sie kehrte am nächsten Mittag vom Spital zurück und gab bekannt, dass der Patient zwar in Lebensgefahr schwebe, die Ärzte jedoch noch alles ziemlich im Griff hätten! Man müsse aber damit rechnen, dass er sein restliches Leben möglicherweise doch im Rollstuhl verbringen müsste, so schwer wären seine Verletzungen!

Vincent und seine Eltern besprachen diesen Fall nicht weiter: man müsse ja warten, bis sich Vincents *BOING* einstellte! Zwischenzeitlich jedoch, so meinte Emil, sollte man die Familie des verletzten Mannes informieren und deren Einwilligung für eine Heilung einholen!

Schon am nächsten Tag fuhren Sigrid und Emil zu der ausgeforschten Adresse! Es handelte sich um ein kleines, aber gepflegtes Einfamilienhaus im Bungalow-Stil. Die ca. 40-jährige Frau, die ihnen öffnete, trug ein schwarzes T-

187

Shirt und darüber ein einfärbig-graues Schürzenkleid. Sie trug ihre blonden Haare kurz geschnitten, ihre dunklen Augen blickten freundlich aber ihr war der Stress der letzten Wochen wohl anzusehen! Sigrid begann das Gespräch:

„Guten Tag, Frau Lanzinger! Mein Name ist Sigrid Kopp und das ist mein Mann Emil! Sagt Ihnen dieser Familienname etwas?"

Die Frau schüttelte leicht ihren Kopf und Sigrid spürte, dass leichtes Misstrauen in der Frau aufstieg! Sofort hob sie beschwichtigend ihre Arme und setzte hinzu:

„Frau Lanzinger, bitte bleiben Sie ruhig: wir sind nicht von einer Versicherung oder Ähnlichem! Ihr Mann Georg hatte einen schweren Arbeitsunfall und liegt auf der Intensivstation der Hautklinik! Und wie ich von den Ärzten erfahren durfte, diese Verbrennungen wird man nicht nur nicht heilen können, sondern sie werden ihrem Gatten kein normales Leben mehr ermöglichen!"

Frau Lanzinger stand wie paralysiert in der Türe und sah die beiden Besucher schwer atmend an! Sie schüttelte ihren Kopf und fragte dann leise, noch immer mit etwas Misstrauen in ihrer Stimme:

„Aber…wieso wissen Sie denn das alles? Besteht denn nicht eine allgemeine ärztliche Schweigepflicht? Und was…was…" sie wusste nun nicht weiter und Sigrid versuchte, ihr zu helfen:

„Frau Lanzinger, ganz einfach und rasch für Sie: wir können ihren Mann gesund machen! Aber wie wir das auch zustande bringen, Sie dürfen keiner Menschenseele etwas davon erzäh-

188

len! Ich frage Sie also nochmals: sagt Ihnen unser Familienname denn wirklich gar nichts? Kopp? Vincent Kopp, der Wunderheiler?"

Plötzlich leuchteten die Augen von Frau Lanzinger auf, sie wurden riesengroß und sie rief leise:

„Aber...das ist doch schon vorbei, oder? Diese Heilungen wurden doch abgebrochen, nicht wahr?" Sie stockte, dann sah sie wie gehetzt nach links und nach rechts die Straße entlang und meinte: „Aber, bitte, kommen Sie doch herein!"

Sie führte die beiden Kopps in das gemütlich eingerichtete Wohnzimmer und man nahm auf der Eckgarnitur Platz! Emil war bereit, Frau Lanzinger zu informieren und, nachdem sie die Einladung zu Getränken abgelehnt hatten, begann er mit langsam gesprochenen Worten und klar verständlich:

„Alles, Frau Lanzinger, was wir heute hier in Ihrem Haus besprechen, darf dieses Haus nie verlassen, ist das klar für Sie?"

Die Angesprochene war noch viel zu verwirrt, dass sie gleich und auch klar antworten hätte können! Aber Sigrid bedeutete ihm, fortzufahren und Emil informierte die Hausherrin weiter:

„Wir haben die Heilungen zwar eingestellt, aber unser Sohn will seine Wundergabe nicht verkümmern lassen und weiterhin einige Heilungen pro Jahr durchführen!"

„Aber," unterbrach ihn Frau Lanzinger ängstlich „was wird denn das kosten? Sehen Sie, wir sind nicht reich, und gespart hatten wir auch nicht allzu viel können, also das..."

Gleich beim Eintreten hatte Sigrid das Marienbild neben dem Fenster und das in der Ecke an der Wand montierte Kruzifix bemerkt: „Die Heilung Ihres Mannes, Frau Lanzinger" unterbrach sie Sigrid nun „wird, so will es der HERR, kostenlos sein, ja?"

Die arme Frau saß völlig durcheinander da. Aber Emil musste fortfahren:

„Sie werden uns jedoch schriftlich bestätigen müssen, Frau Lanzinger, dass Sie keinem Menschen, auch nicht ihren Kindern und auch nicht Ihrer engsten Verwandtschaft oder Ihren Freunden, etc., etc., auch nur ein einziges Wort über Vincents Heilung verraten! Wollen Sie das tun?"

Noch immer wirkte Frau Lanzinger etwas verwirrt, aber langsam kam sie zu sich, blickte die beiden Besucher längere Zeit durchdringend an und antwortete dann mit galliger Stimme:

„Aber natürlich mache ich das so, wie Sie es wünschen, ist doch klar! Aber…wie soll denn das alles ablaufen, wenn niemand davon erfahren sollte?"

„Also," begann Emil „wir müssen abwarten, bis die Ärzte Ihrem Mann die Überstellung nach Hause genehmigen! Natürlich werden die das ausschließlich gegen Revers genehmigen! Dazu noch eine nicht unwichtige Frage, Frau Lanzinger: wer noch außer Ihnen hat ihren Mann in seinem jetzigen Zustand noch gesehen?"

Sie dachte kurz nach und meinte:

„Niemand, Herr Kopp, niemand außer mir selbst und natürlich den Ärzten und Schwestern!"

„Das ist gut! Also: sofort, nachdem unser Sohn in der Lage sein wird, seine Kraft entsprechend einzusetzen, werden Sie die Überstellung unterzeichnen und Ihr Mann wird nach Hause gebracht! Gleich darauf wird unser Vincent hierher zu Ihrem Mann kommen und versuchen, die Heilung vorzunehmen! Nur so und nicht anders, Frau Lanzinger, können wir verhindern, dass die Welt von neuerlichen Heilungen durch unseren Vincent erfährt! Wären Sie mit all dem einverstanden?"

Frau Lanzinger saß nur da und plötzlich zuckten ihre Schultern ungehemmt und dicke Tränen kollerten ihre Wangen herab: natürlich hatte sie schon gewusst, wie das zukünftige Leben ihres Gatten aussehen würde und große Bedenken hinsichtlich ihrer weiteren Existenz hatten sie schon furchtbar geplagt! Und nun sah sie einen schwachen Lichtschein am Horizont: auch sie und ihre Familie hatten diese Interviews von Liane Kettelmann im TV verfolgt! Nach einigen schweren Atemzügen meinte sie:

„Ich weiß nicht, wie ich Ihnen danken soll, liebe Familie Kopp! Alles soll so ablaufen, wie Sie es geplant haben und Gott schütze uns alle!"

Es wurde nicht leicht, Frau Lanzingers Gatten aus der Klinik herauszubekommen: die ersten zwei Wochen musste er auf der Intensivstation verbringen, hier gab es medizinisch keine andere Möglichkeit! In der dritten Woche auf der Normalstation konnte Frau Lanzinger nach heftigen Diskussionen doch erreichen, dass die Krankenhausleitung der Entlassung auf Revers zustimmte! Herr Lanzinger wurde nach Hause überführt und

191

bereits zwei Tage später wurde Vincents Besuch für den nächsten Tag um 10 Uhr 30 fixiert! Emil brachte Vincent an die Adresse und begab sich mit ihm an die Haustüre. Bevor er den Klingelknopf betätigte, wandte er sich an seinen Sohn, nahm ihn bei den Schultern, dreht ihn zu sich her und sagte leise:

„Mein Junge! Wir alle hoffen, dass du das schaffen wirst: Frau Lanzinger ist voll von Hoffnung für ihren Mann und wir haben alles Erdenkliche unternommen, um diese Situation, wie du sie hier vorfinden wirst, herzustellen! Ich wünsche dir viel, viel Glück, Vincent! Und…ich nehme an, du brauchst mich hier nicht, oder?"

„Ich spüre, Papa, dass…ich es schaffen kann!" antwortete Vincent „Ich spüre es mit allen Fasern…meines Körpers! Und du kannst das halten wie du möchtest: ob…du hierbleiben oder irgendwo draußen…warten möchtest!"

Damit drehte Emil sich zur Türe, klingelte und gleich darauf öffnete Frau Lanzinger! Sie sprach kein Wort, sie betrachtete Vincent nur einige Sekunden lang und grüßte dann mit einem freundlichen Lächeln:

„Hallo, Vincent! Wir haben ja schon so viel Wunderbares von dir gehört! Also: jetzt rein mit euch!"

Damit trat sie zur Seite und Vincent und Emil gingen in den Flur. Emil ging vor, er kannte den Hausbrauch schon, zumindest bis hinein ins Wohnzimmer! Frau Lanzinger war ihnen gefolgt, dann standen sie alle drei etwas verlegen da, aber Vincent war trotz seiner Kopfschmerzen und seines kühlen Kopfes bester Stimmung und meinte:

192

„Also, Frau Lanzinger, darf ich gleich zu ihrem Gatten? Und...also, wenn Sie bitte beide hier im Wohnzimmer bleiben wollen?"

Frau Lanzinger blickte Emil fragend an, doch der nickte nur zuversichtlich! Frau Lanzinger meinte:

„Okay, Vincent, dann ich bringe ich dich gleich hinein zu meinem Mann!"

Damit ging sie vor, einen schmalen Flur entlang, klopfte leise an der letzten Türe links und öffnete behutsam! Dann trat sie zur Seite, ließ Vincent eintreten, zog sich gleich zurück und schloss von außen die Türe hinter dem Jungen!

Vincent schlug das Herz hinauf bis zum Hals! Dieser Zustand erschwerte es ihm, sich zu konzentrieren, war doch sein Puls während seiner *BOINGS* immer zu hoch! Er blickte nun auf das an die linke Zimmerwand gerückte Bett mit dem Kranken und erkannte...eigentlich nicht viel: alles, was er von Herrn Lanzinger sehen konnte, waren dessen Kopf und seine Arme! Und alles war mit dicken Bandagen bedeckt! Augen, Nase und Mund waren durch Schlitze freigehalten und Vincent konnte den schweren, beinahe keuchend wirkenden Atem des Verletzten deutlich hören! Er trat jetzt an das Bett und sagte:

„Guten Tag, Georg! Ich...bin Vincent Kopp und ich darf Sie mit...Ihrem Vornamen ansprechen?"

Der Verletzte wandte, soweit es ihm möglich war, seinen Kopf zu dem Jungen hin und versuchte, mit den Augen seinen Gruß sowie sein Einverständnis auszudrücken! Wie die beiden Familien vereinbart hatten, war auch Herr Lan-

193

zinger nicht über die bevorstehende Heilung informiert worden! Man wollte ihn im möglichen Falle einer nicht erfolgreichen Heilung keinesfalls der Gefahr eines Absturzes in die absolute Depression aussetzen! Vincent lächelte, setzte sich auf den Bettrand und informierte Herrn Lanzinger:

„Hören Sie, Georg: Sie...können das jetzt nicht nachvollziehen, aber ich werde nun versuchen, Sie...zu heilen! Ganz einfach heilen: ohne Operation, ohne...Medikamente und ohne irgendeinen Firlefanz! Aber dazu...muss ich an Ihre Haut herankommen, Georg! Also..."

Er fasste nun vorsichtig das erkennbare Verbandende der Gesichtsbandage und wickelte sie mit großer Vorsicht ab: natürlich konnte er sich vorstellen, dass der Verband auf der Haut kleben müsste und diese Ablösung würde schon schmerzhaft für den Kranken sein! Er wickelte und wickelte und plötzlich kam ein furchtbares Stöhnen aus Georgs Kehle! Sofort stoppte Vincent seine Tätigkeit und betrachtete den Rest der Bandage: er konnte erkennen, dass er bereits ein kleines Stück Verband von der Haut abgelöst hatte! Und dies musste dem Kranken höllische Schmerzen bereitet haben!

Vincent überlegte fieberhaft: diese Heilung durfte er jetzt nicht unterbrechen! Er stand auf, drückte leicht Georgs bandagierten rechten Arm und sagte, indem er sich zu ihm hinunterbeugte:

„Bleiben Sie ganz...ruhig, Georg, ganz ruhig! Ich hole uns warmes...Wasser, damit können wir Ihre Schmerzen vielleicht ein wenig lindern, ok?"

Natürlich brauchte er die Reaktion des Kranken nicht abzuwarten! Er ging hinaus und bat Frau Lanzinger um ein Lavoir mit lauwarmem Wasser und dazu einen Schwamm. Etwas befremdet sah sie ihn an, aber er nickte nur aufmunternd und sie besorgte ihm das Gewünschte. Mit dem Lavoir betrat er wieder das Zimmer und stellte das Gefäß mit dem Wasser auf den Beistelltisch. Mit dem angesogenen Schwamm benetzte er nun behutsam den noch nicht abgelösten Kopf-Verband. Dann wartete er, bis das Wasser durch den Verband durchgesickert war, legte den Schwamm im Lavoir ab und begann nun, den nassen Verband vorsichtig abzulösen! Sofort begann Georg, einige Male schwer zu atmen, aber Vincent bemühte sich, fortzufahren: anders kam er nicht an die total verbrannten Hautstellen! Es benötigte knapp über eine Stunde, bis es Vincent gelungen war, sowohl Kopf-, als auch Körper- und Armbandagen komplett zu entfernen! Es musste eine grausame Tortur für den Kranken gewesen sein: er lag nun schwer atmend und schweißgebadet auf dem Bett und Vincent betrachtete mit Entsetzen diese schweren Verbrennungen! Und er war sich auch der Gefahr einer gefährlichen Infektion durch das Wasser bewusst: aber dies sollte mit seiner Heilkraft das kleinste Problem bleiben!

Und laufend spürte er diese unheimliche Kraft, die seine Hände hin zu dem Kranken führten und jetzt setzte er sich so, dass er die verbrannten Stellen gut erreichen konnte.

„Schließen Sie jetzt bitte Ihre… Augen und kümmern Sie sich nicht darum, was…ich hier

195

gleich machen werde, ja?" sagte er zu Georg, der jetzt mit angsterfülltem Blick dalag: diese eben erduldeten Schmerzen, das war für ihn schon zu viel gewesen und er wusste ja nicht, was dieser Junge noch mit ihm anstellen würde! Aber er folgte jetzt Vincents Anweisungen, schloss die Augen und versuchte, ganz ruhig zu bleiben!

Jetzt bedeckte Vincent mit seinen beiden Händen das gesamte verbrannte Gesicht, schloss die Augen und konzentrierte sich auf die Heilung! Und schon fühlte er, wie unter seinen Händen etwas Eigenartiges vor sich ging: es war wie ein sonderbares Vibrieren, das nur kurz dauerte und als es vorbei war, nahm Vincent seine Hände vom Gesicht des Kranken. Und was er dann zu sehen bekam, das sprengte alle seine nicht zu hoch gesteckten Erwartungen: ein völlig unversehrter Kopf mit einem glatten, narbenfreien Gesicht lag auf dem Polster und Georgs Augen starrten Vincent fragend an!

Aber Vincent durfte sich durch diesen Zwischenerfolg jetzt keinesfalls aufhalten lassen!

„Ruhig, Georg, ganz…ruhig, ja?" sprach er besänftigend auf den Kranken ein und umfasste mit seinen beiden Händen dessen Hals! Und wieder durchfuhr ihn dieses wundersame, kraftvolle Gefühl der Erneuerung! Als er seine Hände vom Hals abnahm, erblickte er eine völlig geheilte, glatte Haut! Eine weitere dreiviertel Stunde brauchte es, bis Vincent sämtliche beschädigten Hautstellen am Körper des verunfallten Mannes wiederhergestellt hatte! Er war plötzlich sehr, sehr müde geworden! Nun erhob er sich, lächelte Georg aufmunternd an und meinte:

„Ihre Verletzungen, Georg, sind…passé, die gibt es nicht mehr! Schonen Sie…sich bitte noch die nächsten Wochen, aber tun Sie…bitte eines auf keinen Fall: erzählen Sie niemandem, was Sie…heute hier erlebt hatten, ok?"

Jetzt hielt er Georg seine Hand zum Gruß hin. Dieser nahm sie, drückte sie fest und sein dankbarer Blick war wunderbarer Balsam auf Vincents gefordertes Gemüt! Damit verließ er den Raum, ging ins Wohnzimmer und dort saßen sein Papa und Frau Lanzinger auf der Eckgarnitur bei Kaffee und Kuchen! Beide blickten überrascht auf und Frau Lanzinger fragte gespannt:

„Nun, Herr Vincent? Konnten Sie meinen Georg denn wirklich heilen?"

Vincent war schon zu müde, um zu lächeln! Er nickte nur kurz und bedeutete Papa, dass sie aufbrechen könnten! Frau Lanzinger, noch völlig durcheinander, bedankte sich überschwänglich, drückte den beiden mehrmals die Hand und brachte sie an die Haustüre. Dort wandte sich Emil nochmals um, sah ihr einige Sekunden lang in die Augen und meinte noch mahnend:

„Frau Lanzinger! Wir hatten vereinbart und auch schriftlich festgehalten, dass Sie von diesem Besuch meines Sohnes niemandem erzählen werden! Halten Sie sich bitte strikt daran, ok?"

Frau Lanzinger nickte eifrig und schwor nochmals, eisernes Stillschweigen über diese Heilung zu behalten! Danach saßen Emil und sein Sohn im Wagen und nachdem Emil den Motor gestartet hatte, sah er Vincent von der Seite an und musste entsetzt feststellen, dass dessen Gesicht erneut von hunderten winzigen Fältchen

197

überzogen und auch sein Haar wieder beinahe zur Gänze grau geworden war! Vincent hatte die Augen geschlossen, den Kopf zurückgelegt und schien zu schlafen. In Emil stieg jetzt ein seltsames Gefühl der Bedrückung und der Schuld auf: war das richtig, was sie heute getan hatten? Hätten sie ihrem Sohn diese Heilung vielleicht nicht doch besser ausreden sollen? Nach einer halben Stunde hielt Emil den Wagen vor dem Haus an, ließ Vincent aussteigen und fuhr den Wagen in die Garage. Als er dann aus dem Garageneingang in den Flur trat, sah er Sigrid mit Vincent in den Armen dort stehen: seiner Frau rannen Tränen über die Wangen, aber sie hatte ihre Augen geschlossen und schien versucht zu sein, Vincent ihr Entsetzen nicht anmerken zu lassen! Emil fühlte sich wie gegen eine Wand gelaufen! Er stand nur da und sprach kein Wort: was auch hätte er denn schon sagen sollen? Dass ihre Freigabe an Vincent, diese Heilung durchzuführen, absolut falsch gewesen war? Oder dass er nie damit gerechnet hätte, dass diese Heilung Vincent derartig hernehmen würde?

Sigrid löste sich langsam von Vincent und führte ihn am Arm hinauf in sein Zimmer. Emil nahm einstweilen im Wohnzimmer Platz und wartete, bis Sigrid wieder herunterkommen würde: man müsste jetzt definitiv und konkret durchsprechen, wie sie weiter mit Vincent verfahren sollten! Nach einigen Minuten erschien Sigrid mit verweinten Augen und setzte sich zu Emil. Längere Zeit sprachen sie nicht miteinander, dann aber meinte er leise:

„Wir haben sichtlich falsch entschieden, meine Liebste, jawohl! Ganz und gar falsch! Wir hätten wissen müssen, dass er noch nicht so weit war, eine neuerliche Heilung ohne diese grausigen Folgen durchzustehen!"

Sigrid nickte gedankenverloren und betonte:

„Vielleicht war dieser Einsatz einfach zu schwer für ihn? So, wie wir wissen, hatte Herr Lanzinger doch die gesamte rechte Körperhälfte schwerst verbrannt, oder?"

Emil nickte dazu:

„Ich habe das Heilungsergebnis nicht gesehen, Schatz, aber es dürfte wiederum alles in Ordnung gegangen sein!"

Sie sprachen am nächsten Morgen mit Vincent alles durch und es wurde vereinbart, dass er in den nächsten zehn Monaten keine weitere Heilung mehr vornehmen würde! Vincent nickte immer nur dazu, er war einfach zu schwach! Aber im Innersten wusste er genau, was mit ihm passiert war: diese Heilung, diese schrecklichen Verletzungen, fast konnte man das Verunstaltungen nennen, hatten seine wunderliche Heilungskraft wohl bis an ihre Grenzen gefordert!

Innerhalb der nächsten Monate erholte Vincent sich wie erhofft, sein Gesicht wurde wieder jugendlich glatt und auch seine Haare nahmen ihre ursprüngliche brünette Farbe an!

Und die Familie Lanzinger hielt, wie vereinbart, absolut dicht! Obwohl die behandelnden Ärzte, Verwandte der Familie, Georgs Berufskollegen und auch Nachbarn unablässig über die wunderbare Wiederherstellung mehr wissen wollten: Frau Lanzinger wehrte sämtliche entsprechenden Angriffe bravourös ab und mit der Zeit legte sich das allgemeine Interesse wieder…

Eine neue Wunderheilerin?

Es war wie ein Blitz aus heiterem Himmel: die Nachricht schlug ein wie eine unerwartete Bombe! Im Raum Salzburg sollte es ein 16-jähriges Mädchen geben, das wundersame Heilungen durchführen konnte! In Erinnerung an diesen Wunderknaben Vincent versammelten sich umgehend Reporter aus aller Welt vor dem Haus dieser Familie und die machte in etwa Gleiches mit, wie es schon der Familie Kopp widerfahren war: für das Mädchen und ihre Eltern gab es ab sofort keine ruhige Minute mehr! Und natürlich hatten sie absolut keine Erfahrung, wie man mit der sensationslüsternen Presse umgehen sollte!

Das Mädchen hatte einem 5-jährigen Buben, dem nach einem schweren Verkehrsunfall drohte, ein Bein zu verlieren, geheilt! Einfach geheilt mit Handauflegen! Ohne Firlefanz, ohne Gebete und ohne jedwedes chirurgisches Wissen! Einem landesweit bekannten Politiker, der beim Bergsteigen unglücklich abgestürzt war und sich schwere Verletzungen an der Wirbelsäule zugezogen hatte, verhalf das Mädchen innerhalb von knapp zwei Minuten zu vollkommener Gesundheit! Und einem 30-jährigen Witwer, Vater von drei Kindern im Alter von 5, 7 und 10 Jahren, der vor einem Wirtshaus von einem alkoholisierten Gast beinahe zu Tode geprügelt worden war und dem durch diese Misshandlungen schwerste Schädelverletzungen zugefügt worden waren, hatte das Mädchen auf wundersame Weise wieder zu völliger Gesundheit verhelfen können!

201

Mona Tilzer, wie das Mädchen hieß, konnte nicht sagen, wie das funktionierte, aber sie bestätigte den Reportern, dass sie vor ihren Heilungen gleiche Symptome verspürte, wie seinerzeit dieser Vincent Kopp: ihr Kopf wurde rasch eiskalt, ihr Atem ging unglaublich schnell und sie hatte plötzlich große Mühe, klar zu sprechen!

Die Familie Kopp saß vor dem Fernseher und sah sich einen Bericht über Mona Tilzer an. Niemand konnte das wirklich glauben: gab es da wirklich schon wieder ein Wunderkind mit übernatürlichen Heilkräften? Und den Medienberichten zufolge lief bei Mona alles gleich ab, wie es auch bei Vincent funktioniert hatte: gleiche, in unregelmäßigen Abständen auftretende körperliche Symptome und alle Heilungen verliefen erfolgreich! Die Presse überschlug sich und natürlich kam nun wieder die Familie Kopp in die Schlagzeilen! Emil Kopp aber hatte sich geschworen, seinen Sohn ein- für allemal aus diesem nervtötenden Nachrichten-Zirkus herauszuhalten! Er wehrte sämtliche schriftlichen Anfragen - telefonisch gab es keine mehr, die Familie Kopp hatte schon seit längerem eine Geheimnummer - erfolgreich ab, bzw. er reagierte auf solche überhaupt nicht.

Aber Vincent war fasziniert von diesen laufenden Berichten über dieses Wundermädchen Mona! Und eines Tages wandte er sich, als sie beim Nachtmahl zusammensaßen, an seine Eltern und meinte:

„Ich muss diese Mona unbedingt kennenlernen, Mami! Sie muss doch irgendetwas haben, mit dem ich klarkommen kann! Und ich könnte

202

ihr vielleicht helfen, mit diesem Druck besser fertig zu werden, was meint ihr?"

Sigrid und Emil blickten sich kurz an, dann meinte Emil:

„Du weißt, Vincent, dass ich mit größter Mühe versuche, diese Medien-Geier von uns wegzuhalten, oder?" Vincent nickte nur dazu. „Und du kannst dir aber schon vorstellen, dass wir, solltest du mit diesem Mädchen Kontakt aufnehmen, möglicherweise wieder in deren Fänge geraten könnten?" Wieder nickte Vincent dazu. „Und trotzdem möchtest du das Risiko eingehen?"

Jetzt hob Vincent den Kopf und sagte leise: „Hört mal zu: ich will euch überhaupt keinen Stress erzeugen, ja? Und ich weiß auch nicht, wie wir das hinkriegen sollten, dass ich Mona ohne großes Aufsehen kennenlernen könnte! Aber...ich spüre dieses Gefühl, so als ob sie mit mir zugleich diesen *BOING* empfangen kann, versteht ihr mich? Ich habe das alles recherchiert und bin darauf gekommen, dass ihre Heilungen in etwa immer dann stattfinden konnten, wenn auch ich meinen *BOING* hatte! Das ist doch unglaublich, oder?"

Seine Eltern saßen wortlos da und überlegten: sie wussten auch, dass Vincent so lange keine Ruhe geben würde, bis er in seinem Drang nach einem Treffen mit Mona befriedigt werden konnte! Emil nickte nun leicht und meinte nachdenklich:

„Ok, Vincent, ok! Wir werden uns etwas Vernünftiges ausdenken! Den Kontakt mit Mona werde ich herzustellen versuchen und dann hören wir ihre oder besser gesagt, die Meinung ihrer Eltern dazu, ja?" Und es ergab sich wunderbar: diese Mona Tilzer wohnte mit ihren Eltern in Konndorf, nur eine knappe Autoviertelstunde von Kattring entfernt, dem Ort, in dem die Familie Kopp ihre Urlaube zu verbringen pflegte! Vielleicht wirklich nur ein Zufall? Emil hatte es geschafft, mit einigen nicht unbedingt legalen Tricks inklusive einer größeren Summe Schmiergeld die nicht offizielle Telefonnummer der Familie Tilzer herauszufinden. Und als er damit nach Hause kam, bat Vincent plötzlich und sichtlich mit Mühe sprechend:

„Papa, bitte: darf ich…mit Mona sprechen? Lässt du mich bitte den Erstkontakt herstellen? Ich…glaube nämlich, Mona wird froh sein, mit dem Menschen…zu sprechen, der wie sie auch über solche Wunderkräfte…verfügt und sie wird ganz sicher einem baldigen Treffen…zustimmen!"

Vincents Eltern sahen nach einigem Überlegen keinen Grund, warum Vincent nicht gleich mit Mona sprechen sollte? Aber Vincent hatte gerade gestern Abend seinen *BOING* bekommen und sprach nur langsam! Trotzdem stimmten sie seinem Ersuchen zu und man setzte sich im Wohnzimmer zusammen, das Telefon auf Lautsprecher geschaltet und Vincent wählte. Nach mehreren Anrufsignalen hob jemand ab:

„Hier bei Tilzer, bitte?" fragte eine Frauenstimme. Die Stimme klang streng und abweisend! Vincent war sehr, sehr aufgeregt, er musste sich

204

wegen seines *BOING*S besonders konzentrieren und stellte sich vor:

„Guten Tag!…Hier spricht…Vincent Kopp, der…der Wunderheiler-Junge! Und…mit wem, bitte, spreche ich?"

Am anderen Ende war es still, so still, dass Vincent bereits Angst hatte, man glaube dort an einen Scherz und hätte aufgelegt! Aber jetzt meldete sich die Frau:

„Ich bin Monas Mutter! Bist du wirklich Vincent, der Heiler? Bei uns hier wirst du nämlich noch immer so genannt! Was ist der Grund deines Anrufes, Vincent?"

„Ich würde…gerne mit Mona…sprechen! Ich hätte gerne…gewusst, wie Sie…und Ihre Tochter mit…diesem blöden Medienrummel fertig werden können?"

„Na, das ist ja das Problem, Junge! Wir schaffen das alles langsam nicht mehr! Und wir wissen keinen Rat! Irgendwie sollten…"

„Hier spricht Emil Kopp! Ich bin der Vater von Vincent!" wurde sie nun von Emil unterbrochen „Vielleicht sollten wir uns treffen und alles persönlich besprechen, was meinen Sie, Frau Tilzer?"

Am anderen Ende konnte man einen tiefen, langen Seufzer vernehmen:

„Aber, das…das wäre doch wunderbar, Herr Kopp! Natürlich wollen wir Sie treffen! Machen Sie doch bitte einen Vorschlag, wie wir das unauffällig zuwege bringen könnten!"

Für die Familie Kopp war es überhaupt kein Problem, sich für einige Tage frei zu nehmen, zu packen und nach Kattring zu fahren. Dort angekommen, nahm Emil gleich Kontakt auf mit Frau Tilzer. Der dritte Tag nach diesem Telefonat gestaltete sich wie eine Szene aus einem Kriminalfilm:

Emil fuhr bei dem Haus der Tilzers in Konndorf mit einem Taxi vor. Knapp dahinter, mit dem auf der Rückbank liegenden Vincent, lenkte Sigrid den Wagen der Familie Kopp. Sofort waren die paar noch dort stationierten Reporter aufgesprungen und rotteten sich mit schussbereiten Kameras vis-a-vis des Hauses der Familie Tilzer zusammen! Jetzt wurde die Haustüre geöffnet und Mona und ihre Mama erschienen. Sie gingen mit raschen Schritten hin zum Taxi, stiegen ein und der Wagen setzte sich in Bewegung. Sofort liefen einige der Reporter zu ihren in der Nähe geparkten Autos und nahmen die Verfolgung des Taxis auf! Der Taxilenker bog nun, wie abgesprochen, in eine schmale Seitengasse ein. Knapp dahinter folgte Sigrid und hinter ihr kamen schon die ersten Reporter! Das Taxi erhöhte plötzlich die Geschwindigkeit, Sigrids Wagen jedoch fuhr in langsamem Tempo die schmale Gasse entlang und die verfolgenden Reporter waren damit praktisch ausgeschaltet! Als Sigrid am Ende dieser Gasse anlangte, war von hinten wildes Gehupe zu vernehmen, von dem Taxi aber keine Spur mehr zu sehen!

Emils Plan war voll aufgegangen! Die verfolgenden Reporter hatten sich, als sie erkannten, dass ihnen das Ziel ihrer Verfolgung, nämlich Mona, entwischt war, wieder an ihre Wartepositionen gegenüber Monas Haus zurückbegeben!

206

Nach etwa zwanzig Minuten Fahrtzeit kam Sigrid an der vereinbarten Adresse, einem Café in der nächsten Stadt, an und dort erwarteten sie bereits Emil, Mona und deren Mutter! Mona war ein hübsches Mädchen mit beinahe hüftlangem, seidig glänzendem, dunkelbraunem Haar. Sie hatte dichte, über einer Stupsnase beinahe zusammenwachsende Augenbrauen über großen, haselnussbraunen Augen. Ihr breiter Mund mit vollen Lippen und breiten Backenknochen verliehen Mona ein leicht slawisches Aussehen! Sie trug ein knallgelbes T-shirt und dazu schwarze Latz-Jeans. Monas Mutter trug schwarzes, schulterlanges Haar. Ihr dunkler Teint, ihre ebenso dunklen Augen und die breite Nase über dem breiten Mund mit den nach unten gezogenen Mundwinkeln bestätigten den ersten Eindruck, dass diese Familie slawischer Herkunft sein müsste!

Es wurde ein Treffen mit eigenartigem Flair: zwei Wunderkinder mit ihren Familien trafen sich zum ersten Mal und keiner der Anwesenden wusste, wer denn nun das Gespräch beginnen sollte! Nach den ersten holprigen Floskeln, wie die Beschreibung der Fahrt, die erfolgreiche Befreiung von den verfolgenden Reportern, etc., etc., meinte plötzlich Vincent vollkommen übergangslos:

„Hey, Mona! Was fühlst du immer, wenn du…eine Heilung vollbringen kannst? Hast auch du dieses Gefühl des…Gedrängtwerdens, also ich meine, irgendetwas Großes,…Mächtiges drängt dich hin zu…deinen Kranken?"

207

Monas Augen wurden groß und sie nickte heftig! Mit ihren kleinen Händen versuchte sie, den Anwesenden diese übermächtige, beinahe magnetische Kraft zu beschreiben, indem sie ihre Hände zu Fäusten zusammenkrümmte!

„Na klar, natürlich!" rief sie leise „Man kann…eigentlich gar nicht anders, als sich hin zu dem Kranken…zu…zu bewegen!"

Und alle am Tisch konnten hören: auch Mona dürfte zur Zeit mit ihrem *BOING* kämpfen!

„Und…hattest du schon einmal Zweifel an deinen Heilkräften, wenn du…zu einem Kranken kamst?"

Mona schüttelte den Kopf und erwiderte:

„Nie, Vincent, niemals…verspürte ich Angst oder Zweifel am Erfolg!"

Vincent sah Mona einige Zeit lang unsicher an und meinte dann:

„Wollen wir zwei uns da hinüber…an diesen leeren Tisch setzen? Ich hab da noch einige…ungeklärte Fragen an dich und ich möchte sie alleine…mit dir besprechen, ok?"

Sofort nickte Mona, erhob sich und beide nahmen zwei Tische weiter Platz.

„Hey!" begann Vincent sofort „Wie denkst du denn, bist…du zu dieser Wunderkraft gekommen? Hattest du…irgendein besonderes Erlebnis im letzten Jahr, oder so?"

Mona fixierte ihn kurz und man konnte sehen, wie sie sich konzentrierte! Dann hob sie ihren Kopf, sah Vincent direkt an und erzählte:

„Also, das war so, Vincent: meine…Eltern und ich, wir waren für…ein paar Tage bei Verwandten…in Sarnstein…"

208

„Nein, das kann man nicht glauben!" rief Vincent mit unterdrückter Stimme „Das gibt es...doch wirklich nicht! In Sarnstein? Das liegt doch keine fünf Kilometer weg...von Kattring? Und eben in Kattring haben wir ein Haus gemietet und wir sind...ein paar Mal im Jahr dort auf Erholung!"

Monas Augen waren groß geworden und sie schüttelte den Kopf:

„Also, das ist ja wirklich ein Zufall, Vincent! Aber...lass mich weitererzählen: es war ein Sonntag, ich...kann mich genau erinnern, dass meine Eltern vor hatten, hinauf auf...die Toser-Alm zu wandern. Als wir...oben angekommen waren, entschieden sie..., dass sie noch weiter bis zum Peterkogel wollten. Ich aber...war schon müde und wir vereinbarten, dass ich mich dort oben neben einer kleinen Almhütte...hinlegen und auf ihre Rückkehr warten sollte!"

„Und..." unterbrach Vincent sie zögernd „...hattest du dort oben jemand getroffen?"

„Aber ja! Da war ein...Junge, er war etwa in meinem Alter, er heißt Daniel Laimgruber und ich hatte das...Gefühl, er war ein wenig langsam mit...dem Sprechen! Aber er war sehr freundlich und wir...plauderten lange Zeit mit einander. Er erzählte mir von seiner Arbeit auf dem Bauernhof und wie er...sich freute auf seine monatlichen Besuche in der Stadt und auf die...Eisdiele!"

Plötzlich bekam Monas Gesicht einen ernsten Ausdruck, sie zog die Brauen zusammen, so als ob sie intensiv nachdenken müsste! Dann erzählte sie weiter:

„Dann sah ich oben zwischen den Bäumen …meine Eltern, die eben vom Peterkogel zurückkamen. Ich stand auf und hielt Daniel meine Hand…zum Gruß hin. Ich hatte das Gefühl, er wollte das nicht unbedingt, aber dann griff er zu und plötzlich spürte ich…einen starken, stechenden Schmerz, der sich…durch den Arm bis hinauf in die Schulter, in meinen Brustkorb und bis in…meinen Kopf zog! Und im selben Moment konnte ich…sehen, wie Daniel mich ängstlich betrachtete, so als ob…er selbst Schuld hätte an diesem Schmerz!!"

„Aber, Mona! Das ist doch genau das Gleiche, wie es…mir mit Daniel passiert war! Also kann uns unsere Wunderkraft doch nur dieser Daniel vermittelt…haben! Und ich glaube sogar, er ahnte das, aber…vielleicht kann er gar nichts dafür!" Er hielt kurz inne und meinte noch nachdenklich: „Es wird uns…nichts anderes übrig bleiben, Mona, als…mit Daniel zu sprechen, was meinst du?"

„Fragen wir unsere Eltern, ok?" erwiderte Mona und sie wechselten wieder zurück an den Tisch, an dem ihre Eltern saßen. Dort erzählte Mona von diesem eigenartigen Erlebnis, Vincent bestätigte alles und nun herrschte Stille am Tisch: dies alles war so unglaublich, so völlig aus der Welt und doch hatten alle bisherigen Heilungen dieses Wunder bestätigt!

Sigrid hatte zwischenzeitlich Mona genau beobachtet und was sie befürchtet hatte: bei dem jungen Mädchen zeigten sich erste Anzeichen dieser ihr schon bekannten kleinen Fältchen am Hals und unter dem Kinn! Und auch war Monas

Haar von silbrigen Fäden durchzogen! Sie blickte Monas Mutter, Jena Tilzer, kurz an, diese reagierte und blickte fragend zurück! Mit einer unauffälligen Kopfbewegung deutete Sigrid an, dass man sich draußen auf der Toilette treffen solle! Nachdem die beiden Frauen den Tisch verlassen hatten und den Vorraum zu den Toiletten betreten hatten, fragte Jena:

„Wollten Sie mir etwas Wichtiges sagen, Frau Kopp?"

„Also, erstens:" erwiderte Sigrid „ich bin Sigrid, ja?" Damit war das Du-Wort angetragen und auch gegenseitig akzeptiert! Sigrid fuhr fort: „Hör mal, Jena: ich hatte bei Vincent nach einigen Heilungen diese vielen winzigen Fältchen an Hals und am Kinn und auch diese vielen weißen Haare feststellen müssen! Mein Mann und ich hatten daraufhin besprochen, dass wir dieses Phänomen sehr genau weiter beobachten würden! Und ich muss dich warnen, Jena: das wird nicht nur mehr, sondern es wird deinem Kind die Jugend nehmen! Mona wird, wenn sie so weitermacht, bald aussehen wie fünfzig, glaube mir bitte!" Und jetzt wurde Sigrids Stimme eindringlich: „Jena: du bist ebenso Mutter wie ich und du musst rechtzeitig auf diese Veränderungen reagieren, ok? Ich wollte dich nur warnen, denn…"

„Ich habe das natürlich auch gemerkt, Sigrid!" erwiderte Jena leise „Und darum bin ich so froh, dass wir miteinander darüber sprechen können! Wir sind, wahrscheinlich ebenso wie ihr auch, in dieser schrecklichen Zwickmühle: einerseits können wir schwerkranken Menschen wieder Hoffnung geben, andererseits leidet die Gesundheit meiner Tochter darunter! Wie denn sollen wir uns verhalten?"

Die beiden Frauen sahen sich lange Zeit wortlos an, dann meinte Sigrid:

„Wir hatten, und das wisst ihr nicht, ganz schön verdient an diesen Heilungen! Und dieses Geld, das war auch der Grund, warum wir das zu weit getrieben hatten! Wir dachten, alles im Griff zu haben, aber die Natur, oder…" jetzt unterbrach sich Sigrid nachdenklich „…diese übermächtige Kraft wirkt auch gegen den Heiler, indem sie wahrscheinlich bei jeder neuen Heilung gesunde Substanz aus dem Körper abzieht! Und darum hatten wir offiziell alle Heilungen eingestellt!"

„Das heißt," forschte Jena „Vincent hat sich also wirklich von den Heilungen komplett zurückgezogen?"

Sigrid war unsicher, ob sie Jena mehr über Vincents unglaublich starken Drang nach Heilungen erzählen sollte? Aber dann entschied sie doch für Monas Wohl und meinte:

„Das läuft jetzt folgendermaßen ab, Jena, und du musst diese Information wirklich für dich behalten: Vincent entscheidet immer ganz alleine und vollkommen unbeeinflusst, ob er eine Heilung durchführen möchte oder nicht! Und die zu Heilenden müssen unterschreiben, dass sie nach der Heilung niemandem auch nur ein Sterbenswörtchen über diese wunderliche Behandlung erzählen! Kommt das dennoch an die Öffentlichkeit, dann kann diese Nachricht logischerweise ja nur von der geheilten Person kommen! Aber nie lassen wir Vincent mehr als eine

Heilung pro Jahr durchgehen! Denn jedes Mal, wenn er wieder zurück zu Hause ist, sehe ich diesen schrecklichen Verfall an ihm und dann weiß ich: er braucht jetzt wirklich eine lange Pause, um sich erholen zu können!"

Jena starrte wieder lange Sigrid an und meinte:

„Danke, Sigrid, ich danke dir sehr für deinen wirklich hilfreichen Rat! Ich werde ihn beherzigen, das darfst du mir glauben! Aber..." sie hielt inne und meinte „...aber jetzt sollten wir langsam zurück zu unseren Leuten, denn die glauben, wir sind abgehauen!"

Beide lachten auf uns begaben sich zurück ins Café! Mona und Vincent waren intensiv am Diskutieren, sie tauschten höchst interessiert ihre Heilungs-Erfahrungen aus! Emil saß nur dabei und trank in Ruhe ein kleines Bier. Als er die beiden Frauen zurückkehren sah, lächelte er in sich hinein: er kannte seine Sigrid und er wusste, dass sie Monas Mutter hilfreich aufgeklärt hatte! Man tauschte das Du-Wort aus und vereinbarte, sich an jedem ersten Donnerstag im Monat zu einem netten Plauderstündchen treffen zu wollen!

Langsam wird alles klarer

Aber Mona hatte nicht vergessen, was Vincent ihr vorgeschlagen hatte: schon zwei Tage später war sie unterwegs hinauf auf die Alm, wo sie seinerzeit diesen Daniel getroffen hatte! Auf halbem Weg begegnete ihr ein Bauer, der auf seinem Traktor hinunter ins Tal unterwegs war. Sie hielt ihn an und erfuhr, dass dieser in der Gegend wohlbekannte Daniel bei seinen Eltern auf dem Laimgruber-Hof wohne und sie könne sich den Weg hinauf auf die Alm sparen: er wäre diese Woche nicht oben und sie solle es doch auf dem Hof der Laimgrubers versuchen! Schon nach 30 Minuten war sie auf dem Hof angelangt und musste zuerst den Hofhund beruhigen, der sie gleich verbellte! Da trat Daniel bereits aus der Haustüre, musterte Mona kurz und erkannte sie! Er kam herüber und sie begrüßten sich! Allerdings verwehrte Mona dem Jungen den üblichen Handschlag und meinte gleich zu Anfang:

„Hey, Daniel! Ich muss dringend mit dir reden: hast du kurz Zeit, sodass wir ganz alleine plaudern können?"

An der Haustüre war jetzt nämlich noch die Bäuerin erschienen und sah misstrauisch herüber!

„Aber klar doch!" meinte Daniel „Komm! Spazieren wir da den Weg ein Stück hinauf, so werden wir ungestört sein! Also, was gibt´s denn so Dringendes?"

Sie gingen nun nebeneinander her, beide ihre Hände auf dem Rücken und Mona fragte nach einigem Überlegen:

„Ich hatte Vincent getroffen, deinen Freund aus Wien, der mit seiner Familie doch mehrere Male im Jahr nach Kattring zur Erholung kommt! Du weißt, wen ich meine?"

Daniel blieb stehen, blickte sie überrascht an, sagte jedoch nichts.

„Und Vincent hat mir von Eurem Nachmittag erzählt, an dem ihr die Walderdbeeren verspeist hattet, du erinnerst dich?"

Daniel stand da, runzelte die Stirn und entgegnete:

„Na, freilich, Mona! Das war doch der Tag, oder besser gesagt, diese Nacht, in der ich..."

Plötzlich brach er ab und starrte Carla mit ängstlichem Blick an! Diese aber lächelte, nickte und half ihm weiter:

„Ja, Daniel! Das war eben dieser Tag, an dem du Vincent von dieser unheimlichen Entdeckung am Nachthimmel erzählt hattest, nicht?"

Daniel starrte sie an und schwieg. Er dachte, niemand würde von seinem nächtlichen Erlebnis erfahren, außer seinem Freund, aber er wusste ja noch nicht, dass er auch Mona mit seiner Wunderkraft infiziert hatte!

„Also, hör mal, Daniel!" fuhr Mona fort „seit du uns beiden die Hand zum Gruß gegeben hattest, besitzen wir, Vincent und ich, wunderliche Heilkräfte, ja, wirklich! Wir können, durch eine uns unerklärliche, übernatürliche Kraft getrieben, praktisch alle Krankheiten, Verletzungen oder Krebskrankheiten heilen, ganz einfach durch das Auflegen unserer Hände! Und wenn du mich jetzt fragst, wie das zustande gekommen

215

sein könnte? Keine Ahnung, Daniel, keine blasse Ahnung!"

Sie brach ab, jetzt standen sie sich auf dem nun bergan führenden Waldweg gegenüber und keiner von beiden wusste, wie es nun weitergehen könnte! Endlich raffte Daniel sich zu einer Frage auf:

„Und du denkst, Mona, dass diese Wunderkraft vielleicht doch...aus diesem...diesem raumschiff-ähnlichen, riesigen Gebilde mit seinen unheimlichen...Polarlichter-Typen hatte kommen können?"

Mona nickte schweigend! Sie überlegte fieberhaft und endlich meinte sie flüsternd:

„Also, Daniel: das waren wirklich außerirdische Wesen und sie müssen irgendwelche unerklärlichen Kräfte an einen Menschen übertragen können, was meinst du denn?"

„Sicher, Mona, sicher! Und was mich darin bestärkt, das anzunehmen? Alle offiziellen Stellen bestreiten vehement die Existenz dieses Raumschiffes! Und ich hatte es wirklich ganz klar über mir und über der Landschaft anhalten gesehen und kann auch über meine Entführung in das Raumschiff exakt berichten!"

Mona war natürlich zu jung, um sich ein Bild über die offiziellen, vertuschenden Behörden machen zu können! Aber sie hatte erkannt, dass es nur Daniel mit seiner infizierten Kraft hatte sein können, der Vincent und ihr diese übernatürlichen Heilkräfte übermittelt hatte!

216

Mona und Vincent im Einsatz

Es war ein Samstagmorgen im Frühjahr. Ein angenehmer, lauer Wind wehte über Wiesen und Felder. Die Familie Kopp hielt sich wieder in ihrem Urlaubsdomizil auf. Am Morgen hatte man beschlossen, einen Ganztagesausflug hinüber in den riesigen Nationalpark zu unternehmen, als sich Vincents Telefon meldete: es war Mona und ihre Stimme klang irgendwie geheimnisvoll!

„Hey, Mona!" rief Vincent erfreut, denn sein heranreifendes Herz hatte schon seit seiner ersten Begegnung mit Mona eine knospende Beziehung zu dem Mädchen aufgebaut!

„Hallo, Vincent!" sagte Mona „Ich muss unbedingt mit dir über eine ganz, ganz wichtige Angelegenheit sprechen! Wann hättest du denn Zeit dafür?"

Vincent sah seine Eltern an und fragte:

„Wann, denkt ihr, werden wir heute Abend zurück sein?"

Emil verzog abschätzend seine Lippen und erwiderte:

„Naja, wenn wir den etwas kürzeren Rundweg nehmen, so gegen…18 Uhr?"

„Wenn du möchtest, Mona, kann ich um ca. halb sieben bei dir sein! Habt ihr überhaupt noch Reporter vor dem Haus herumlungern? Wenn nämlich ja, dann muss ich mich irgendwie unkenntlich herrichten!"

„Ich denke, das brauchst du schon nicht, Vincent! Da sitzen vielleicht nur noch zwei oder drei Unentwegte in ihren Autos und warten auf irgendein besonderes Ereignis!"

217

Es war punkt halb sieben, als Sigrid Vincent bei Mona absetzte. Und sie würde ihn nach seinem Anruf wieder abholen! Vincent meldete sich über die Sprechanlage, Mona öffnete ihm und ließ ihn ein. Durch einen breiten Flur führte sie ihn ins Wohnzimmer, einem großen, geschmackvoll in beige und in dunkelbraun gehaltenen Raum. Das Fenster ging hinaus in den gepflegten, mit Bäumen und mit Sträuchern bepflanzten Garten! Mona bat Vincent, auf einer der beiden Dreier-Bänke der Sitzgarnitur Platz zu nehmen. Auf dem Beistelltisch standen bereits je eine Karaffe mit Fruchtsaft und mit Mineralwasser und zwei Gläser. Auf Vincents fragenden Blick antwortete Mona:

„Meine Eltern sind zum Einkaufen, sie kommen erst später zurück: sie werden auf ihrem Rückweg noch Freunde besuchen, also wir haben Zeit genug, um zu plaudern!"

Sie schenkte die Gläser voll, beide nippten kurz daran und gleich begann Mona, Vincent zu informieren:

„Hör mal, Vincent! Ich bin echt in Schwierigkeiten, mich für eine mögliche Heilung zu entscheiden: vielleicht hattest du auch gelesen von dieser Frau, die sich zusätzlich zu ihren drei Kleinkindern als höchst engagierte Tagesmutter verdingt? Sie hatte insgesamt sieben Kinder in Pflege und wird von allen Eltern dieser zusätzlichen Kleinen als hervorragende Arbeit leistende Ersatzmutter genannt!"

Vincent runzelte die Stirn. Er hatte von einem Überfall gehört, mit dem eine mehrfache Mutter nicht nur ihrer Geldbörse beraubt wurde:

218

das Schreckliche an dem Überfall war, dass die Mutter nach einigen schweren Schlägen gegen ihren Kopf nun zu Hause im Wach-Koma lag und die Ärzte ihr nur wenig Chancen auf Gesundung einräumen konnten!

„Und?" fragte Vincent interessiert „Denkst du, dass du das vielleicht nicht schaffen könntest?"

„Naja, ein wenig Angst habe ich schon, Vincent! Noch weiß ich nicht, wie ich das angehen soll!"

Die beiden jungen Menschen sprachen über den Fall wie zwei Fachärzte, die eine neue Behandlungsmethode diskutierten! Vincent dachte noch nach, dann meinte er:

„Also, hör mal zu, Mona: wir beide haben eine solch unglaubliche Kraft zu heilen, dass ich hier keine Schwierigkeiten für dich sehe, diese Frau heilen zu können!"

„Und trotzdem!" erwiderte Mona „Vincent, ich hatte bisher nie ein solch unsicheres Gefühl vor einer Heilung verspürt! Aber ich weiß nicht, wie ich mich entscheiden soll: denn nie darf es doch passieren, dass wir einem kranken Menschen Hoffnung geben, unsere Aufgabe aber dann vielleicht doch nicht erfüllen können! Das wäre ja schrecklich, oder?"

Vincent nickte gedankenverloren, dachte ein wenig nach und meinte:

„Einerseits, denke ich, hast du dieser Frau ja keine Hoffnungen gemacht, Mona: sie liegt doch im Koma, oder? Andererseits aber,…naja… wenn wir beide das gemeinsam angehen würden?" Er machte noch eine zweifelnde Miene dazu und sagte: „Könnte vielleicht doch hilfreich sein...?"

„Wie? Das würdest du wirklich tun?"

„Aber natürlich, Mona! Hast du nähere Daten von dieser Tagesmutter?"

„Klar! Ich habe schon mit ihrer Tochter telefoniert: die Kinder sind vorläufig bei Verwandten und in Heimen ganz gut aufgehoben und die Kranke selbst liegt völlig hilflos zu Hause herum! Also, wenn wir rasch..."

Aber von möglichst rasch war momentan nicht die Rede: sowohl Mona als auch Vincent mussten auf das Einsetzen ihrer besonderen Zustände warten! Und es bedurfte noch ganze sieben Tage und dann war es soweit: Monas Heilungskraft war dieser Tage besonders stark, Vincents *BOING* hingegen hatte eben erst begonnen! Und so meinten beide, dass diese Heilung ganz sicher zu bewerkstelligen wäre!

Von Monas Haus waren es keine zwanzig Minuten Autofahrt bis hin zu der Adresse der schwerverletzten Frau, einer gewissen Marion Fellinger. Eine Woche nach dem Gespräch der beiden jungen Wunderheiler trafen diese dort ein und wurden von der 22-jährigen Tochter der Frau eingelassen. Es war eine recht große 5-Zimmer-Wohnung in einem Drei-Familien-Haus, eingerichtet mit hellen, gemütlichen Möbeln aus dem Verkaufsprogramm eines weltweit bekannten Möbelhauses!

Die hilflose Marion Fellinger lag in einem kleinen Raum, dessen Einrichtung nur aus einem in der Fensterecke an die Wand gerückten Bett, einem Beistelltischchen und einem Tisch mit

220

Sessel bestand. Sie lag, mit einer hellbraunen Flanell-Decke bis oben hin zum Hals zugedeckt da und blickte die beiden jungen Menschen fragend an. Soweit waren Mona und Vincent von der Tochter informiert worden, dass ihre Mutter nicht nur komplett bewegungsunfähig war, sondern auch nicht sprechen konnte!

„Guten Tag, Frau Fellinger?" grüßte Vincent freundlich. Die junge Frau nickte wortlos, mit ernstem Gesicht und Vincent fuhr fort: „Das ist meine Freundin Mona Tilzer, sie…kommt aus Konndorf und ich bin Vincent Kopp, ich komme aus Wien, aber zur Zeit…machen meine Familie und ich Urlaub drüben in Kattring!"

Jetzt trat er, mit Mona an seiner Seite, ans Bett heran, zog sich den Stuhl her und bedeutete Mona, auf dem Stuhl der Tochter Platz zu nehmen.

„Wir werden nun versuchen, Frau Fellinger, Sie wieder…ganz gesund zu machen, ok? Aber dazu müssen wir alleine mit Ihnen hier im Zimmer sein…" damit blickte er die Tochter kurz an und diese verstand sofort! Sie ging aus dem Zimmer und schloss die Türe leise hinter sich. Vincent beugte sich kurz hinunter zu Mona und flüsterte ihr ins Ohr:

„Hey! Ich denke, wir versuchen es vorerst einmal von…beiden Seiten, ok?"

Mona nickte, erhob sich und zu zweit rückten sie das Bett mit der Kranken behutsam in die Zimmermitte. Jetzt setzten sich beide links und rechts von Frau Fellinger auf den Bettrand, sahen sich kurz an und plötzlich wusste jeder der beiden, was er zu tun hatte: Mona beugte sich vor

221

und legte ihre beiden Hände vorsichtig auf Frau Fellingers Stirn. So verhielt sie vielleicht eine ganze Minute! Ihren Kopf hatte sie gesenkt und sie atmete lange tief ein und ebenso lange tief aus! Zwischenzeitlich hatte Vincent die Decke bis zum Bauchnabel hinuntergeschoben und seine Linke auf den Bauch der Kranken gelegt. Nach einigen Sekunden legte er auch seine Rechte auf den Rücken der Linken, hielt seine Augen geschlossen und atmete in langen Zügen aus und ein! Wie auf ein vereinbartes Zeichen lösten beide ihre Hände vom Körper der Kranken, ihre Köpfe hoben sich, sie blickten sich an und mussten lächeln, denn sie wussten: die Heilung hatte geklappt!

Frau Fellinger lag noch immer bewegungslos da und starrte die beiden jungen Menschen weiterhin ausdruckslos an! Beide standen nun neben dem Bett, lächelten der Geheilten kurz zu und verabschiedeten sich leise! Draußen wartete die Tochter und Vincent teilte ihr mit:

„So, Frau Fellinger: Ihre Mutter sollte noch eine Stunde liegenbleiben, dann aufstehen und…"

„Wie bitte?" unterbrach ihn die Tochter kopfschüttelnd „Was…was…sagten Sie da eben? Aufstehen? Ja, bitte, wie sollte das denn funktionieren? Sie kann doch überhaupt nicht gehen, oder?"

Mona lächelte sie an und meinte:

„Nun ja, Frau Fellinger, Ihre Frau Mama ist geheilt, ja? Komplett…geheilt und kann ihr normales Leben weiterführen!"

222

Noch immer stand die Tochter kopfschüttelnd da, aber Vincent startete bereits ihre Rückkehr in die Realität:

„Frau Fellinger! Sie müssen uns jetzt wirklich gut zuhören: sollte…Sie jemand fragen, wieso Ihre Frau Mama plötzlich wieder laufen kann, dürfen Sie kein…Sterbenswörtchen von dem erzählen, was heute hier abgelaufen war, verstanden?"

Die Tochter nickte und Vincent fuhr fort:

„Begründen Sie diese wunderbare Heilung ganz einfach zum Beispiel damit, dass…nur ein Hauptnerv gefährlich…eingeklemmt war! Und dieser hatte sich durch die lange Zeit der Ruhelage der Verletzten…wieder in seine angestammte Normallage zurückgebildet! Sie sollten unseren…Rat befolgen, Frau Fellinger: wenn Sie nämlich…erzählen, dass…wir beide hier waren, so werden Sie die nächsten Monate und Jahre keine ruhige Minute mehr…vor den Reportern haben können! Und das, Frau Fellinger,…das wünscht Ihnen auch…der ärgste Feind nicht! Also: stillschweigen und einfach…das Leben weiter genießen, ok?"

Jetzt hatte die Angesprochene kapiert! Sie nickte eifrig und bestätigte Vincents Rat mit beschwichtigenden Handbewegungen! Kurz darauf wurden Mona und Vincent von Frau Tilzer abgeholt und trotz seiner Anstrengungen beim Sprechen bat Vincent Mona, doch noch auf einen Sprung bei ihm zu Hause einzukehren! Mona stimmte zu und die beiden saßen an diesem Tag noch lange in Vincents Zimmer beisammen und diskutierten ihrer beider wundersame Gabe!

Zarte Knospen...

Und da war noch etwas Wundersames: mit jeder Minute, in der die beiden jungen Menschen zusammen waren, wuchs in Vincent dieses herrliche, alles andere überlagernde Gefühl der Zuneigung! Das Leben läuft nun mal so ab und es passiert schon, dass dieses allseits erhoffte Gefühl nicht immer nur in eine Richtung fließt! Mona fand Vincent ausgesprochen sympathisch. Er war nicht nur ein Wunderknabe, er war so herrlich natürlich! Er wusste zu scherzen und konnte auch über sich selbst lachen! Aber so lachen, dass man meinte, er lache sich das Herz aus dem Leib!

Und so ergab es sich interessanterweise, dass die Familie Kopp ab sofort immer öfter nach Kattring musste! Papa Emil war nicht immer dabei, er hatte ja schließlich eine Firma zu führen, aber Sigrid freute sich immer, wenn sie dort angekommen waren, wenn Vincent nicht einmal richtig auspacken wollte und sich sofort mit seinem neuen, dort deponierten Mofa auf den Weg zu Mona machte! Diese knospende Verbindung gefiel Sigrid außerordentlich, die einzige Sorge, die sie drückte war, dass Vincent mit seinem Mofa in einen Unfall verwickelt werden könnte! Darum hatte sie ihn bereits heimlich in einer Fahrschule für die Führerscheinprüfung angemeldet!

Ein Kontroll-Besuch

Daniel Laimgruber war wieder für eine Woche auf die Alm abgestellt. Er hatte jede Menge zu tun: er reinigte die Hütte, brachte den Kühen einige Leckerbissen mit und bürstete sie kräftig ab, denn das liebten sie sehr! Dann saß er zumeist ab dem späten Nachmittag vor der Hütte auf der Bank und fühlte sich einfach sauwohl!

Er war heute schon früher als normal zu Bett gegangen: er war ungewöhnlich müde und konnte nicht sagen, woher diese Ermattung rühren sollte? Aber unerklärlicherweise konnte er wieder einmal nicht einschlafen! Also entschied er sich wie, schon so oft, draußen vor der Hütte hinzulegen: er schnappte sich seine üblichen Utensilien wie Matte, Decke und Polster und bereitete sich sein Lager neben der Tränke.

Gleich schlief er ein, wachte jedoch bald wieder auf und...da war es wieder! Dieses unheimliche, riesige Ding, das lautlos über den sternenbesetzten Himmel kroch, das nun anhielt und begann, Blitze auf die Alm und direkt auf Daniel herab zu schießen! Daniel kannte das alles schon, er bekam schreckliche Angst, schlug die Decke zurück und wollte aufstehen und in die Hütte laufen! Aber mit einem Mal konnte er sich nicht mehr bewegen! Sein Körper war in eine Art Starre verfallen, mit weit aufgerissenen Augen musste er verfolgen, wie diese grünlich leuchtenden Geschöpfe von dem Ding herunterschwebten und auf ihn zukamen!

Jetzt verlor Daniel die Besinnung, es war wie beim letzten Mal auch: er kam wieder zu sich und lag, wie schon erlebt, auf diesem metallenen Bett in dem metallisch glänzenden Raum! Um ihn herum tanzten wieder diese blau-grün leuchtenden Männchen, oder was immer die mit ihren irgendwie unförmigen Körpern darstellen sollten! Plötzlich hielt eines der Dinger neben Daniels Liege an und es sah so aus, als ob es sich plötzlich in einen Körper mit Armen und einem Kopf verwandelt hätte! Große, schwarze Augen betrachteten Daniel nun, die Arme waren in die Seiten gestemmt und jetzt öffnete sich ein kleiner, kreisrunder Mund! Mit einer hohlen, beinahe unangenehmen klingenden Bass-Stimme fragte das Wesen:

„Daniel! Wieviele Heilungen hattest du bis heute schon durchgeführt?"

Jetzt aber verstand Daniel überhaupt nichts mehr! Er starrte das Wesen wortlos an, schüttelte seinen Kopf und versuchte zu antworten! Sein ganzer Körper begann jetzt zu zittern, sein Kopf wurde eiskalt und er merkte, dass er Schwierigkeiten hatte, zu sprechen! Das Wesen stand da und schien auf seine Antwort zu warten. Um sie beide herum tanzten die anderen blau-grünen Wesen wie zu einer unhörbaren Musik!

Daniel versuchte nun, sich zu konzentrieren und begann, langsam zu sprechen:

„Ich habe…niemanden geheilt! Ich wusste doch nicht, dass ich…heilen kann!"

„Aber du wurdest doch von uns infiziert, heilen zu können?" meinte das Wesen fragend.

„Aber wenn ich…dir doch sage: ich wusste es nicht, nein, und…nochmals nein!" schrie Daniel zornig!

„Aber wir wurden doch informiert, dass viele Heilungen durchgeführt wurden, oder waren das Falschinformationen?" fragte das Wesen ungeduldig.

Daniel war unsicher, ob er die ganze Wahrheit erzählen sollte: aber schlussendlich entschied er, dass die beiden jungen Menschen, Mona und Vincent, ja nichts Schlechtes getan hatten und diese außerirdischen Wesen mit den vollführten Heilungen doch zufrieden sein müssten!

„Also, ich hatte Vincent und auch Mona die Hand gereicht, sie dadurch angesteckt und damit hatten die beiden viele wundersame Heilungen vollführen können!"

Das Wesen antwortete nicht, drehte sich um und gab einem der anderen, tanzenden Wesen ein Zeichen. Dann wartete es einige Minuten, das von ihm kontaktierte Wesen kam ans Bett und es hatte den Anschein, dass es etwas mitzuteilen hatte! Das Wesen, welches mit Daniel konferierte, nickte und meinte dann:

„Du hattest unbewusst Mona Tilzer und auch Vincent Kopp kontaminiert! So war das eigentlich nicht geplant, Daniel! Du warst ursprünglich dazu ausersehen, probeweise der erste Wunderheiler auf der Erde zu werden! Das hatte eben leider nicht geklappt, wir hatten da einen Programmier-Fehler und den müssen wir finden und abstellen! Aber dein geplanter Einsatz wird nicht stattfinden, ok? Wir bringen dich nun wieder zurück auf deine Alm! Und das Beste wird sein, du sprichst mit niemandem über unser Treffen, verstanden?" Das Wesen machte eine kurze Pause und setzte noch hinzu: „Es wird dir

227

sowieso kein Mensch glauben, was da heute passiert war!"

Damit verwandelte es sich wieder in eines dieser formlosen Gestalten, und Daniel wurde, so wie er meinte, wieder zurück in eine Ohnmacht versetzt! Er erwachte, vor der Tränke liegend, auf seiner Decke und war natürlich nach diesem unheimlichen Erlebnis noch total verwirrt! Aber Daniel hatte eine gute Natur, er wusste nun, wie das alles abgelaufen war, konnte sich langsam beruhigen und schlief dann tief und fest bis zum Morgengrauen!

Die drei auf der Alm

Vincents Familie war wieder in Kattring eingetroffen und der Junge rief natürlich gleich nach seiner Ankunft seine neue Freundin Mona an. Diese hatte Vincent schon telefonisch informiert, dass sie mit Daniel gesprochen hatte! Sie beide trafen sich in einem Gasthaus in Mühlhofen und Mona meinte, dass sie vielleicht nochmals mit Daniel sprechen sollten, um eventuell Näheres über seine Vermittlungskräfte zu erfahren! Schon am nächsten Tag machten sich die beiden auf den Weg zum Laimgruber-Hof, wo sie erfuhren, dass Daniel sich diese Woche oben auf der Alm aufhielt. Gleich begannen sie den Aufstieg und nach einer Stunde kamen sie an der Almhütte an. Die Türe stand offen, sie riefen Daniel beim Namen und gleich darauf erschien der Junge, in der einen Hand einen nassen Lappen, in der anderen den Wassereimer: er war eben dabei, die Stube wieder einmal gründlich zu aufzuwaschen!

Erfreut begrüßte er Mona und Vincent und bot ihnen an, draußen auf der Holzgarnitur Platz zu nehmen! Er würde gleich rauskommen und Buttermilch, frisch gebackenes Brot und Butter bringen! Dann saßen sie beisammen und genossen schmatzend die deftigen, natürlichen Produkte! Und als sie fertig waren und Daniel den Tisch abgeräumt hatte, fragte Vincent vorsichtig:

„Du, sag mal, Daniel: gibt es noch etwas, das du uns wegen dieser komischen außerirdischen Wesen, die dich ja in ihr Raumschiff entführt hatten, erzählen könntest?"

Die beiden Neuankömmlinge konnten merken, dass Daniel plötzlich blass wurde und dass seine Hände, obwohl er sie unter dem Tisch zu verstecken suchte, begonnen hatten zu zittern! Er wagte nicht aufzusehen und er rieb die Hände unter dem Tisch aneinander, so als ob ihm kalt wäre! Mona beobachtete ihn konzentriert und dann meinte sie:

„Hey, Daniel! Du brauchst dich nicht zu schämen, wenn du etwas Sonderbares erlebt hättest: wir sind bei dir, ok?"

Daniel hielt seine Augen noch ein paar Sekundenlang geschlossen, dann holte er tief Luft und begann, den beiden alles über den letzten Besuch der Außerirdischen zu erzählen! Als er geendet hatte, rief Vincent überrascht aus:

„Aber…das gibt es ja gar nicht, Daniel! Das heißt, dass wir beide, Mona und ich, eigentlich nie für diese Heilkräfte vorgesehen waren?"

„Wie…bitte wie…" fiel Mona ein „wie hatte denn dies alles passieren können? Diese Wesen müssen doch über ein riesiges Potential an Wissen über uns Menschen verfügen, oder? Und dann passiert denen doch glatt solch ein gravierender Fehler?"

„Hey, und als du ihnen mitgeteilt hattest, Daniel," setzte Vincent hinzu „dass man irrtümlich nicht dir, sondern indirekt uns beiden diese außergewöhnlichen Heilkräfte übertragen hatte: wie haben die reagiert?"

„Nichts haben diese komischen Wesen gesagt!" antwortete Daniel gedankenversunken „Gar nichts war! Das jedoch war mir aufgefallen: sie waren über ihren Fehler ganz schön genervt!

230

Die haben mir nur mitgeteilt, dass man nun daran gehen würde, diesen Fehler in ihrem Programm zu beheben! Und dann haben sie mich wieder in eine Ohnmacht versetzt, mich zurück zu meiner Hütte gebracht und sind abgehauen!"

Mona und Vincent gaben sich damit zufrieden: mehr dürfte aus Daniel nicht herauszuholen sein! Sie verabschiedeten sich und die beiden wanderten hinunter ins Tal. Man würde ja sehen, wie nach diesem unheimlichen Besuch alles mit den Heilungen weitergehen würde! Aber während sie den steilen Weg ins Tal hinuntergingen, fühlten beide unerwartet ein sonderbares Gefühl: sie befiel eine Art physischer und psychischer Leichtigkeit, sie atmeten plötzlich ohne zu keuchen und wähnten sich auf eine eigenartige Weise schwerelos! Als sie im Tal angekommen waren, spürten sie nichts mehr von diesem Gefühl, alles lief für sie wieder normal ab und beide kehrten in ihre Häuser zurück!

Abbruch der Mission!

Daniel aber blieb mit ganz ungeordneten Gedanken auf seiner Alm zurück: Wie wird das weitergehen? fragte er sich andauernd! Kann es sein, dass diese Wesen nochmals bei ihm auftauchen könnten und ihr Experiment erneut durchziehen wollen? Und wäre er dann so eine Art Untergebener dieser Außerirdischen und müsste alles tun, was die von ihm verlangten? Ihm graute vor dieser Vorstellung und mit einem gemischten Gefühl von Angst und von Unsicherheit legte er sich schlafen.

Daniel meinte, eben eingeschlafen zu sein, als er durch ein eigenartiges, leises Trommeln erwachte. Und als er die Augen öffnete und sich rücklings auf den Ellenbogen aufstützte, fuhr er entsetzt zurück: drüben auf der Bauerntruhe saß eines dieser leuchtenden Polarlicht-Wesen! Jetzt hatte es im Gegensatz zu Daniels letztem Besuch in dem Riesen-Flug-Ding sowohl Kopf, Gesicht, Arme mit Händen und mit Fingern und auch Beine mit Füßen und mit Zehen! Das Ding saß dort, und trommelte mit den Fersen in regelmäßigen Abständen leicht gegen die Frontwand der Kiste! Jetzt wandte es den Kopf hin zu Daniel und sagte mit seiner Daniel bereits bekannten, hohl klingenden Bass-Stimme:

„Eure Welt ist einfach nicht geeignet für die Tests zu unserem hundertprozentigen Heilverfahren für die Menschen!"

Daniel war zu geschockt, um antworten zu können! Aber er ahnte, dass dieses Wesen ihm etwas Wichtiges mitteilen wollte: warum sonst wären diese Außerirdischen wohl auf die Erde zurückgekommen? Und er hatte richtig geraten:

„Wir hatten vor, viele von euch Menschen mit unserer Molekular-Heilkraft, die wir eigentlich in jeden x-beliebigen Körper injizieren können, sinnvoll vor dem Tode zu bewahren! Aber das hatte überhaupt nicht geklappt: denn, wie wir beobachten müssen, kann sich unsere Technologie auf der Erde durch eure Sensationslust, durch eure unbezähmbare Gier und euer nur zu zwanzig Prozent genutztes Gehirn nicht durchsetzen!"

Jetzt hatte Daniel genug Zeit gehabt, sich zu fangen und er antwortete:

„Aber…ihr habt doch auch gehört, dass Mona und Vincent sehr wohl erfolgreich Heilungen durchführen konnten, oder?"

„Aber wie lange hätten sie das alles wohl durchhalten können?" winkte das Wesen ab „Die Medien hätten die beiden a la longue in der Luft zerrissen und deine beiden Freunde hätten über kurz oder lang alles aufgegeben, das können wir jetzt schon alles klar voraussehen! Und dann fragten wir uns: wozu dann eigentlich das Ganze?"

„Und was können wir dann von euch erwarten?" fragte Daniel, etwas mutiger geworden,

„Gar nichts, Daniel, überhaupt nichts mehr! Wir werden unsere Technologie eben überarbeiten und sie einem anderen Planeten zukommen lassen! Die Bewohner dort…"

„Aber…" unterbrach es Daniel fragend „was soll das heißen? Dass es außer uns da irgendwo im All doch noch andere Planeten mit intelligenten Lebewesen darauf geben muss?"

Das Wesen lächelte jetzt und das war für Daniel überhaupt ganz komisch!

„Na, was denkt ihr Menschen hier eigentlich? Da draußen, lieber Junge, da draußen gibt es eine Unzahl an Planeten mit Bedingungen, die jede Form von Leben ermöglichen! Aber die sind für euch Menschen unerreichbar: ihr würdet tausend Jahre benötigen, um dorthin zu gelangen und das werdet ihr nie schaffen!"

„Und wie, bitte, könnt dann ihr das zuwege bringen?" fragte Daniel, jetzt mutiger und auch angriffslustig geworden!

„Wir nutzen bereits seit ewigen Zeiten eine Energie, von der ihr nicht wisst, dass sie existiert: aber das tut sie wohl! Dagegen wirkt eure ach so rasende Lichtgeschwindigkeit gegen unsere Technik wie ein Frühlingslüftchen gegen einen Tornado! Aber wir werden euch davon nichts verraten: schließlich wollen wir doch von euch völlig unökonomisch denkenden Menschen nicht gestört werden!" Das Wesen brach ab, setzte jedoch noch hinzu: „Wobei noch zu bemerken wäre, dass euer Organismus die Beschleunigungskräfte dieser Technologie niemals aushalten würde!" Jetzt deutete es mit einem Arm auf Daniel und setzte hinzu: „Also, mein lieber Freund: solange der Mensch hier auf diesem Planeten nicht lernt, wie er seine eigentlich wunderbare Spezies sinnvoll erhalten kann, solange werden wir nicht eingreifen! Was wir jedoch mit unserem Versuch erreichen wollten war, ob man hier auf dieser wunderschönen Erde eine Technologie nutzen dürfte, um hochintelligente Menschen der Welt erhalten zu können!"

234

„Aber," warf Daniel nachdenklich ein „das heißt doch, dass nur sehr gescheite Menschen vor dem Tod bewahrt werden sollen?"

„Richtig, mein Freund, ganz richtig! Wie wir lange, lange Zeit schon von unserem Planeten aus beobachten mussten, habt ihr Menschen das, was euch die Natur geschenkt hatte, systematisch kaputt gemacht! Seht euch doch mit offenen Augen einmal um und ihr könntet sofort sehen, was ihr aus diesem herrlichen Planeten gemacht hattet, Daniel: ihr verpestet skrupellos eure Luft und auch euer so kostbares Wasser! Ihr vernichtet euren so wichtigen Regenwald, ihr zerstört damit Klima und Umwelt und ihr ernährt euch vollkommen falsch! Aber eine der größten Dummheiten, die ihr Menschen hier auf eurer Erde begonnen hattet war, euch mit der Atomstrom-Erzeugung einzulassen! Wie dumm eigentlich muss man denn sein, um sich eine Technologie aufzuhalsen, die man vielleicht maximal 100 Jahre lang nutzen kann, sie danach jedoch tausende Jahre lang mit wahnsinnig hohen Kosten bewachen muss, hey? Und alles dies ausschließlich aus Gründen des Profits! Jawohl, Daniel, das ist die Wirklichkeit! Es ist die traurige Wahrheit, die alle Politiker kennen, die jedoch zu feige sind, energisch etwas Sinnvolles gegen euren langsamen Selbstmord zu unternehmen!"

Das Wesen erhob sich nun, trat an Daniels Bett heran und fuhr fort:

„Und wir hatten vor, diese durch Gier fortlaufende Zerstörung der für euch so wichtigen Umwelt dadurch aufhalten zu können, indem wir

235

auf der Erde schlussendlich nur mehr zu 80% hochintelligente Menschen regieren lassen!"

„Aber…" gab Daniel nun von sich „…wir haben doch überall Regierungen und du findest, dass diese Leute alles falsch machen?"

„Eben, weil sie nur regieren, aber nicht reagieren, verstehst du? Und dagegen wollten wir mit unseren Selektions-Methoden ankämpfen: in eurem Sinne! Natürlich haben wir uns intensiv bemüht, konkret herauszufinden, wie die Menschen mit ihrer Erde umgehen! Einen ganzen Monat lang hatten wir euch quer über den Erdball beobachtet, hatten protokolliert und bewertet! Und nach den Ergebnissen unserer Aufzeichnungen haben wir eingesehen, dass wir hier auf eurer Erde wohl nie zu einer sinnvollen Konzentration höherer Intelligenz kommen werden! Die Regierenden benötigen für ihre primitive und schamlose Selbstdarstellung die dumme Masse und die dumme Masse ist von den Regierenden so leicht lenkbar! Mit dir, Daniel, wollten wir beginnen und später unsere Heilkräfte auf viele vernünftige und unverdorbene Menschen ausweiten! Aber, wie gesagt, dieser Plan kann mit euch hier auf diesem Planeten wohl nicht klappen!"

Daniel lag da und alles Gesagte wirkte durch den schrecklichen Wahrheitsgehalt plötzlich schmerzvoll auf sein junges, unverdorbenes Gemüt ein! Das alles war einfach zu viel für ihn, eines jedoch, das wollte er unbedingt noch erfahren:

„Hör mal, du eigenartiges Wesen!" begann er mutig zu fragen „Niemand hier auf der Welt kann sich vorstellen, wie die beiden jungen Menschen solch furchtbare, unheilbare Krankheiten durch einfaches Handauflegen besiegen konnten! Also, das hätte ich doch zu gerne gewusst!"

Das Wesen betrachtete Daniel einige Zeit lang wortlos, dann gab es ihm bekannt:

„Bei diesem Prozess, Junge, geht es um durch die Memory-Eigenkraft des menschlichen Organismus erzeugte, elektro-magnetische Zell-Erneuerung! Mehr werde ich dir nicht verraten: mit dieser Information müsst ihr einfach zurechtkommen, okay?"

Das Wesen erhob sich nun, schwebte einige Sekunden lang über der Bauerntruhe und rief dann:

„Leb wohl und pass auf dich auf!"

Damit verblasste es und so sehr Daniel sich auch bemühte, es zu sehen: es war nicht mehr im Raum anwesend! Irgendwie hatte Daniel doch das Gefühl, dass dieses Wesen einer intensiveren Diskussion über die Menschheit aus dem Wege gehen wollte: hatten all diese Heilungen von Mona und von Vincent denn nicht geklappt? Und: wer hatte hier wohl wirklich versagt? Die Menschen nämlich, die hatten keinen Programmierfehler gemacht, oder? Aber…diese von diesem Alien genannte Sorglosigkeit, mit welcher die Menschheit mit ihrer Erde umgeht…naja… darüber natürlich könnte man schon…

Daniel sprang auf und lief hinaus vor die Hütte! Er blickte nach oben und da sah er es wieder: dieses unglaublich große, dunkle, lautlos schwebende Ding, das sich nun immer schneller und immer weiter entfernte, bis Daniel nichts mehr davon erkennen konnte!

Aliens? Die gibt es nicht...

Und natürlich blieb die Ankunft dieses Riesen-Dings von der Öffentlichkeit nicht unbemerkt: einige Bewohner dieses Landstriches hatten, obwohl es dunkle Nacht war, die Anwesenheit dieses riesigen, dunklen Etwas doch mitbekommen und die Erscheinung sofort an die nächste Behörde gemeldet. Daraufhin wurde eine Maschinerie in Gang gesetzt, die man in diesem Staat noch nicht erlebt hatte: Flugabwehr, Helikopter und Astronomen wurden aktiviert, das Ding jedoch konnte nicht einwandfrei identifiziert werden! Man flog daran herum, leuchtete es an, aber nichts rührte sich!

Kurz, nachdem sich dieses Wesen, welches Daniel in seiner Hütte besucht hatte, durch nur schwer vorstellbare Energie völlig unbemerkt aus dem Raum entfernt und in das Riesen-Ding teleportiert hatte, begann dieses, sich langsam zu bewegen! Die Luftabwehr wollte folgen doch wie von unsichtbarer Hand umschlossen, verschwand das Ding urplötzlich vom Himmel und wurde nicht mehr gesichtet!

Sigrids simples Resümee

Daniel wusste, wie er Mona erreichen konnte und bat sie, ihn bei nächster Gelegenheit gemeinsam mit Vincent besuchen zu wollen: er habe ihnen Wichtiges mitzuteilen! Nachdem dieses Treffen innerhalb der nächsten zwei Monate erfolgt war und Daniel den beiden alles über sein Treffen mit dem Außerirdischen erzählt hatte, saßen Mona und Vincent zusammen im Haus der Kopps in Kattring mit Sigrid zusammen in der Küche und sie besprachen diese wunderliche Sache eingehend! Sigrid hatte sich Vincents Erzählung ruhig angehört, dachte dann ein Weile lang intensiv nach und meinte:

„Also, jetzt wissen wir schon genug über diese Wesen aus deiner anderen Welt! Und wir dürfen feststellen: auch die haben nicht das Gelbe vom Ei erfunden, Kinder! Zuerst wollen sie, dass nur die hohe Intelligenz erhalten bleiben soll! Was für ein Blödsinn, oder? Dann möchten sie uns Menschheit testen, ob wir überhaupt reif genug sind, ihre wundersame Technologie nutzen zu dürfen! Da passiert dann ein unverzeihlicher Programmier-Fehler und nicht Daniel, sondern ihr beide werdet mit dieser Wunder-Heilkraft infiziert! So, und nun stellt euch weiter vor, wenn denen da oben mehrere solcher Fehler unterlaufen, was wird dann wirklich dabei herauskommen?"

Sie machte ein kurze Pause und überlegte!

„Ich denke, dass es gar nicht gut sein kann, ausschließlich gescheites Menschenmaterial am Leben zu erhalten: was wollen diese Wesen denn damit erreichen? Sicherlich eine Art der Selektierung, nämlich: nur wertes Leben sollte erhalten bleiben? Also so etwas, liebe Kinder, das hatten wir ja schon hier in Europa und man denkt heute noch mit Schrecken daran zurück! Hatte, Gott sei Dank, ja nicht geklappt! Nun…" sie blickte die beiden jungen Menschen da vor ihr lange und mit ruhigem Blick an und setzte hinzu: „…seit Menschengedenken, Kinder, gibt es starke und schwache Charaktere! Und das ist keineswegs abhängig von der Intelligenz, das hat überhaupt nichts damit zu tun! Und nicht WAS wir erreichen können, sondern die Art und Weise, WIE wir es erreichen wollen, das soll der Weg der Menschheit bleiben, was meint ihr dazu?"

Mona und Vincent saßen da wie gebannt, hatten jedoch alles, was ein geradlinig denkender Mensch wie Sigrid hier an Überlegungen auf den Tisch gelegt hatte, verstanden! Sie nickten beide bestätigend und für Sigrid war diese Sache mit den Außerirdischen bereits erledigt!

Und wie sie insgeheim vorausgesehen hatte, war das Wunderbare an dieser ganzen Geschichte: weder Vincent noch Mona erfuhren jemals wieder ihre *BOINGS*, wie Vincent sie zu nennen pflegte! Alle Berichte über wundersame Heilungen verstummten zusehends und einzeln aufflackernde Vermutungen diverser Gazetten verliefen ohne weiteres Echo und unrecherchiert im Sand…!

========================

240

Nur eine große Frage blieb bis dato ungeklärt: wer waren diese unheimlichen Wesen, die es zustande bringen konnten, solche unglaublichen Heilkräfte in Menschen einfach hineinzaubern zu können? Was alles wussten diese Wesen über die Menschheit? Welche uns unbekannten Techniken nutzten sie, um unvorstellbare Entfernungen in kürzester Zeit überwinden zu können? Wie weit wirklich waren sie über ärztliches Wissen, über chirurgische Kunst oder über psychologische Therapien informiert?

Noch heute wartet die Menschheit auf klare Antworten auf diese und weitere ungelöste Fragen! Aber eines ist ja sicher: der Schulmedizin gänzlich unerklärliche Heilungen wurden nachweislich durchgeführt! Schwerkranken oder verletzten Menschen war in Minutenschnelle auf wundersame Weise geholfen worden! Und natürlich erfuhren damit diverse Bibeltexte ihre unerwartete Renaissance: die Heilung des Gelähmten in Kafarnaum durch Jesus, seine wunderbare Brot- und Fisch-Vermehrung in Kanaan und auch die Auferstehung, etc., etc., wurden genannt! Und jede Menge anerkannter, seriöser Wissenschaftler, sowie selbsternannte Mysterien-Forscher und alle möglichen Verschwörungstheoretiker sollten durch diese Berichte neuen Auftrieb erfahren haben: Auftrieb zu dem Versuch der Aufklärung von uralten und faszinierenden Vorfällen des Altertums, aber auch von solchen der Neuzeit!

Und die Ergebnisse? Nun, man wird sehen. Vielleicht wird man sehen...?

241

Bereits erschienen von O. F. Schwarz:

Mord war mein Geschäft
Kriminalroman
ISBN   9 783751950138
E-Book 9 783752651621

Klinik des Grauens
Thriller
ISBN   9 783752648805
E-Book 9 783752656701

Stirb unter meinem Eichenblatt
Kriminalroman
ISBN 9 798818443232
+ E-Book

Die Müllberg-Millionen
Thriller
ISBN 9 783757829834
+ E-Book

Kokain – deine letzte Straße
Thriller
ISBN 9 783757851866
ISBN 9 783758377808 – E Book

Erhältlich direkt
bei BoD, bei Thalia, bei Amazon, bei Libro, etc., etc.!

243